那些躲在箱子里的爱

彭彦花 著

文学新观赏 青少年读写范典丛书

高长梅 王培静 主编

花山文艺出版社

图书在版编目（CIP）数据

那些躲在箱子里的爱 / 彭彦花著.—石家庄：花山文艺出版社, 2013.6（2021.6 重印）

（“读・品・悟”文学新观赏・青少年读写范典丛书）

ISBN 978-7-5511-1045-7

Ⅰ. ①那… Ⅱ. ①彭… Ⅲ. ①散文集—中国—当代 Ⅳ. ①I267

中国版本图书馆CIP数据核字(2013)第111893号

丛 书 名：文学新观赏・青少年读写范典丛书
主　　编：高长梅 王培静
书　　名：那些躲在箱子里的爱
作　　者：彭彦花

策　　划：张采鑫
责任编辑：于怀新
责任校对：齐　欣
特约编辑：李文生
全案设计：北京九洲鼎图书有限公司
出版发行：花山文艺出版社（邮政编码：050061）
（河北省石家庄市友谊北大街330号）
销售热线：0311-88643221
传　　真：0311-88643234
印　　刷：永清县晔盛亚胶印有限公司
经　　销：新华书店
开　　本：710 × 1000　1/16
字　　数：165千字
印　　张：11.5
版　　次：2013年7月第1版
2021年6月第2次印刷
书　　号：ISBN 978-7-5511-1045-7
定　　价：36.00元

读，是为了更好地写

高长梅

阅读的目的是长见识，是提升自己的文化素养。这是“读”的基本意义。

很多时候，我们的阅读也无任何的目的，就是为了消遣，为了解闷，为了打发时光。其实，这是“读”的另一种境界。

但对学生乃至爱好写作的人而言，“读”还是为了“写”，即人们常说的“读写结合”。这，却是大有讲究的。

“读什么”，“怎么读”，“读”如何促进“写”，这个问题困扰人们少说也有两千多年了。外国不言，单说我国自《诗经》始，《四书五经》到《千家诗》《古文观止》《唐诗三百首》，哪一个的“读”不涉及后人的“写”？“熟读唐诗三百首，不会作诗也会吟”就说明了“读”和“写”的朴素关系。

“读”于“写”的第一点，当是语言的积累。对绝大多数人而言，“会说”也“能说”几乎是与生俱来的，但这些不一定就是我们写作的语言。即使你“会说”、“能说”，但不一定能准确表述你的想法，你的所见所闻；尤其是不一定能用丰富的、生动的、形象的语言或简洁的、凝练的、科学的语言来描述人或事物或观点。写作当如建房，没有各式各样的语料积累，其结果可想而知。巧妇难为无米之炊，再牛的能工巧匠没有基本的建筑材料他也盖不起房子来。但语言积累，不是简单的语言记忆，要内化为自己的，要在自己的胸中发酵，要让它带上自己的思想、情感。这样，在写作运用时，就不会是简单的模仿甚至抄袭。即使是原句引用，也会与你的文章融为一体，恰到好处。初学写作者，常常苦恼自己词汇少，不能准确表述自己的思想;或苦恼自己写得干巴巴的,没血没肉;或苦恼自己虽写得字通句顺,却不像别人写的那样摇曳多姿;等等。多积累语言,是根治这种“疾病”的唯一药方。因此,我们在“读”时,就要看别人是怎么用字、怎么用词、怎么用句……来描写、叙述、来情、议论的。

“读”于“写”的第二点,当是技巧的化用。“我手写我心”,看似简单轻松,看似随意,但正如建房,砖头、瓦块、木料等都摆在了你的面前,却不是任何人都建得了房的,你得有建房的技能。写作也是一样,你得掌握一定的技巧。人物怎么描写,事件怎么叙述,情感如何抒发,道理如何论证,等等,你得掌握其基本的方法,然后才能“心到手到”,写出一篇像样的文章。我们要像建房者,先做“小工”,看人家是如何砌墙、如何粉刷的;然后做“匠人”,亲自实践,在模仿中掌握其方法,逐渐为我所用;“匠人”做多了,熟练了,就成了“师傅”。“师傅”一级,技巧娴熟,房建得漂亮。而用心的“师傅”爱钻研,爱琢磨,结合他人的方法创造出更好的新方法,他就成了“建筑师”。写作同理。我们不少阅读者,语言的积累比较重视,但琢磨人家写作技巧的不多,所以文学爱好者不少,但成为作家的就少多了,原因大概与这有一定的关系。因此,我们在“读”时,就要看别人是如何选择材料、如何谋篇布局、如何安排结构、如何运用表达方式、如何布置情节……看他们如何安排重点、如何把人物写活、件、如何条分缕析丝丝入扣、如何巧妙起承转合……

“读”于“写”的第三点,当是思想的融合。有了语言的积累,也掌握了一定的技巧,文章也写得是这么一回事了。但你的文章仅仅止于此,那也不过如同一栋能住人的房子而已。一篇文章品质的高低,除了语言的准确、生动、丰富、优美、灵动……除了构思的奇巧、结构的多元、情节的波澜、布局的精妙、手法的多变……是否有思想就显得格外重要。我们常说,这篇文章语言优美,构思巧妙,但立意不高。我们还常说,这篇文章不仅语言优美,构思巧妙,而且立意高,有思想。一篇仅靠语言打扮的文章,就好比一个俗人涂脂抹粉;一篇仅靠卖弄技巧和语言的文章,就像一个没有灵魂的美人卖弄风骚而已。语言可以记忆,技巧可以模仿,但思想要靠领悟,要融入作品之中去反复地阅读,要从深层次去寻找作者的精神。有的人的文章写得很美,技巧也妙,但就是没有深度,没有思想,没有灵魂,没有底蕴,往往就事论事,往往只是当复印机,复制了场景,复制了人物,复制了事件,但都是没有活力,没有生气,没有精神的。在阅读中提升自己的思想,的确常被我们忽视。思想靠别人的潜移默化来,精神也靠别人的影响而来。我们常听说在阅读中提升了自己,净化了自己,受了一次洗礼似的教育,等等,大约就是指这些吧。所以,我们在“读”时要琢磨别人是如何通过人物的描写表现人物的思想、精神,琢磨别人如何通过将一般人眼中的小事、凡事写出其社会价值,琢磨别人如何从一滴露珠看出太阳的光芒……如何选择语言材料最准确、最鲜明地表达出思想内容而非干巴巴贴标签,如何通过景、人、物悟出其蕴含的道理而非故弄玄虚牵强附会……

“读”于“写”的第四点,当是情感的交融。文章当有情,无论你是否抒了情,情就不自觉地流出了你的笔端。阅读中,我们除汲取作者的语言养料、技巧养料、思想养料外,还要品味、感受作者的“情”。与作者同悲,与作者人物同喜,置于作者笔下的优美环境而赏心悦目,等等。这就是受作者之“情”的“滋润”。文章是否感人,除了语言、思想外,有无“真情”很重要。朱自清的《背影》靠的是“情”的打动,鲁迅的《记念刘和珍君》这篇“血写的文章”其实靠的也是“情”的喷发。一篇只有华丽的语言而无思想的文章犹如没有灵魂的躯壳;一篇即使有非凡高度思想而无情感的文章也不过是一具可能具有文物考古价值的木乃伊。但“情”在文中的宣泄如何把握,这也是我们在阅读中要学习的。这也是我们常犯的错误。写作中我们或无病呻吟虚假瘆人,或情溢滥觞叫人发腻。让“情”如何恰到好处,非向好文章学习不可。这样,我们在“读”时,就要仔细琢磨别人是如何选择写作语言表达出作者的喜怒哀乐之情,如何传递作者人物的喜悦、哀思、忧怨、恋情，或深、或浅、或缠绵、或热烈，或似小溪的舒缓、或似大海的波涛、或似斗室之花的温柔、或似山野之花的奔放……看作者如何褒贬对象，看作者如何措辞达意致情，看作者如何巧借人、事、景、物以寄寓情感……

"读"于"写"的第五点，当是风格的鉴赏。所谓风格，它是一个作家成熟的标志，是作者在文章（文学作品）中表现出来的艺术特色和创作个性。我们鉴赏其风格，主要是学习他如何创造和完善文章（作品）的风格，也就是看作者在处理题材、驾驭体裁、描写形象、表现手法、运用语言等方面各有什么特色，最终形成了怎样的风格。这些风格，最后成了一个作家个性化的标志。当然，这是"读"的高要求了。琢磨多了，实践多了，很多写作者也形成了类似的风格，便也融入了原作者的风格之中，也就形成了"派"。比如"荷花淀派"、"山药蛋派"、"读者体"、"知音体"，等等。当然，也不能简单模仿，也要适时变化，否则当年散文必"杨朔式"、小说必"欧·亨利式"的文学闹剧就会重演。

习作者若能此，写出好文章就有可能了。

弄明白了这些，还有一个重要的问题是选择什么样的读物。读名著，当然好。但很多名著由于作者所生活的时代不同，社会环境不同，或阅读者的阅历不够，文化积累不够，不一定读得懂，更不用说借鉴于自己的写作了。

基于此，我们推出了这套《文学新观赏·青少年读写范典丛书》。这些作品，不是名著，但是属于好作品；没写重大题材，但大都真实反映了社会生活的变迁，人们精神面貌的焕然一新；没有高深莫测的技巧，但或平实、或奇巧、或清新可人、或浓郁奔放，更适合青少年读者学习、借鉴。

目录 mulu

第一辑 相貌浮云说

第二辑 时光里的花布裙子

第三辑 一袭紫衣绕梦十年

第四辑 游过父亲的河

第五辑 一滴既醉女儿红

第六辑 “小清新”大幸福

第七辑 轻轻流过的夏风

第八辑：找不到的香味

第一辑

相貌浮云说

成长的姿态

毕业许多年，一直忙碌在东奔西走间，一直这么平庸着，日子过得平淡且乏味。每当有同学或者朋友成功的消息传来，我总可以找出几十个借口来安慰自己，她长得比我漂亮、她本身学习就比我好、她家里有背景……所以，我一直安然于自己的平凡。直到我认识了那个来自青海乐都的女孩——应小青，那个仅有二十四岁，却已经在各大杂志发表了几十万字的美丽姑娘，我们是同一个写作班里的同学。看着她从网上传过来的照片，一个穿纯白棉线裙的长发女孩儿，眸子纯净如水，笑容恬淡地斜依在沙滩上，我忍不住发消息给她："我好嫉妒，老天居然让你生得如此美丽又如此有才华！"她在网上发过来一个浅浅的微笑。

几天后，老师在网络课堂里为我们讲述优秀学员的学习经验，那堂课讲的是应小青，老师的第一句话就震惊了全班同学："应小青是一个美丽而有灵气的女孩，不幸的是双耳失聪多年，又曾经历大的情感波折，但她最终战胜了一切。"我翻出小青的照片，怎么也不能相信这个恬美的女孩儿居然听不到一点声音，背负着如此巨大的打击，却又在静默的国度里用文字挥洒出一片七彩音符。

那堂课的最后，小青说："要不断超越自己。人一旦有了强烈的信念，就会产生巨大的动力。"我把这句话写在笔记本的扉页，当成了我的信念石。以前，有好些事，我只是在梦想、在憧憬，又用各种各样的借口拖着不肯去做，我重拾旧笔，写下一篇真实的心情记录，当我的文字第一次出现在报纸上的时候，我的心和手一样，是颤巍巍的。翻开笔记本，写下我再一次的体会：每个人刚来到这个世上的时候，都如草般的平凡，在生活的风雨雷电面前，即使只是一株小草，也要长成树的姿态。

最初的梦想

三年前的夏天，他毕业了，怀揣着梦想从校园中走出，缘于对未来美好的期望，他有一种热血沸腾的感觉。这个播音主持系的优秀毕业生，心中笃定的目标就是走上荧屏，成为一名电视节目主持人。

抱着深蓝色的毕业证书和一摞在各种活动中获得的荣誉证书，他回到家乡，踌躇满志地找到县广播局向领导自荐，获得了一次试镜机会。诚然，刚走出校门的他稍显青涩，却又处处透着一股灵气，多年的专业学习和参加各种比赛积累下的经验没有白费，他在镜头前表现出色，可谓瑕不掩瑜，终于领导们纷纷点头，就这样他得到了新闻频道的上镜机会。虽然是无薪实习，但相比那些毕业后找不到接收单位而走向其他工作岗位的同学，他已然是足够幸运。

那年夏天，每个傍晚经过精心装扮走进镜头前的聚光灯下，他是衣着光鲜的新闻主播；走出镜头，他踩着旧自行车拎一把芹菜，满头大汗地飞奔回十几里外父母的家。

年轻同事们里面官二代、富二代很多，下班时候，三三两两地招呼着：喝点去？唱歌去？他总是微微笑着婉拒，不是不想参加，而是每当此时他就会想起年近六旬的父母，还在庄稼地里风吹日晒地挣扎着，实在是难以忍心挥霍一分金钱。

晚上回到家，橘黄色的白炽灯下，他和父母坐在饭桌前，对着简单的饭菜，看着电视新闻里的他，母亲微笑，父亲举一举酒杯，说：“再给我来点儿！”这时候，得意之情就会漾满他的心房。

实习期将要结束的时候，领导找他谈话，他信心满怀地期待着领导通知他转正的消息，可是却得到一杯冒着热气的立顿红茶、一番对他半年来工作表现的赞美和正式进入电视台需要五万元接收费用的消息。

父亲得知消息的时候，倚在椅背上轻轻点上了一支烟，青雾缭绕中他看到父亲眉上的抬头纹又加深了。父亲没有钱，他和哥哥两人读到大学毕业，这笔费用已经把这个普通农村家庭拖到贫困户的行列，哥哥结婚时，嫂嫂很懂事地没向老人伸手要一分钱彩礼，可是父亲借遍能借的地方，硬是给哥哥凑起了新房的一半首付。

他心里很清楚，家里实在是拿不出这笔钱了，他不忍再看父亲为难，笑着对父亲说：“让我出去闯闯吧，我一定能找到一个不要接收费用的单位。”

深秋时节，实习期结束，他笑着挥别同事们，又开始寻找新的工作。投简历、面试、试镜，他在一个城市又一个城市间奔波，常常会遇到一个主持岗位百人竞争的场面。半年的播音实习为他增色不少，在离家几百里外的另一家县级电视台他得到了新闻主持的岗位，第一次录制结束后，领导就告知他，由于他的出色表现完全不必经过见习而正式进入电视台。毕业以来，不管遇到任何困难他都没有哭过，可这一天，他躲进卫生间，让泪水在脸上痛快地淌成小河。

有过半年的实际工作经验，新闻主播的工作于他已是得心应手，而领导也非常器重，似乎他应该安心于此了。可一年之后，市电视台招考新闻主播，他那颗不安分的心又蠢蠢欲动，经过半月的积极备战，面试、试播之后，他顺利打败几十名对手进入市台。

如今，刚刚毕业三年，他已经是市台里的台柱子，而他当年的同班同学们如今散布各行各业，只有极少数人走上了电视主持的道路。

一年一度同学聚会的时候，有同学说他：“你真幸运！”他笑，回答：“除了认定自己一定能做好主持人的这腔热血，我什么都没有，为了理想永远不放弃努力，我的血液、我的汗与泪水，都是为了这梦想流淌的！”

岁月可以赢去我们的生命，却赢不去我们一路留下的青春印迹，走出校园的时候，我们每个人都曾怀了绮丽的梦想，可在一次次碰壁后便慢慢熄掉了心中那团火光，而他却始终坚持着，像歌中唱的那样：“最初的梦想紧握在手上，最想要去的地方，怎么能在半路就放，最初的梦想绝对会到达……”在困难面前尽情挥洒青春的汗水与激情，在这些付出面前，他的梦想注定不会是水里的那抹月影，而是顺着滑落的汗水，凝成一粒粒发光的宝石缀在他的人生路上。

为欣赏而活

在为生活努力前行的征途上，每个人都曾经有过这样的感受，当你越是迫切地想得到别人的认同，却往往会得到更多的打击，挫败感如阴云覆盖住心情的天空，久久挥之不去。

这种经历，我有，相信你也有过相同的感受。昨天一个文友妹妹向我倾诉，她热爱文学，非常渴望和小城文学圈里的每一个人成为好朋友，可是有一个老师级别的人却总刻意回避她，她努力想和她拉近距离却被她嗤之以鼻；她热爱舞蹈，业余时间参加舞蹈大赛，没有拿到名次，那人甚至当面嘲笑她。她委屈地说：“其实我只是渴望一个支持的眼神，为什么却这么难？”

缓缓听她叙说着点点滴滴，其实这只是一个初入社会的年轻女孩对社会距离的不适应而已。

自从毕业投身职场十年，我辗转行走了几个城市，在家乡、城市之间游离，终究事业无成，仍是一名普通职员，每当面对同龄的领导，常常自感汗颜。开始走入文学殿堂后，我更是像刘姥姥进了大观园，处处透着一股怯意。我是一个活得很拙的人，遇到这样的事情，往往不知所措，于是只好逃避，但是心里对那份认同的期待却始终渴望。

超女流行时，我并不曾关注她们，也不听她们的歌。是无意间在报纸上看到的一句话，让我记住了“绵羊音”曾轶可。当年舞台上的她被某权威评委痛批过后，在接受记者采访时漫不经心地说出这样一句话：“我只在乎喜欢我的人的看法，对于那些反对我的人，因为我不在乎，所以无所谓啊！”在超女们慢慢淡出大家视野时，我还依然清晰地记得她，那个嘴里说着无所谓的女孩，当时在心里对于大家的认可也是心怀期冀的吧？

懂得为欣赏自己的人活是幸福的，因为这样的人只看得到支持，即使遇到阻力，也会因为感受到身旁支持的力量而劲头十足。

网上的小妹还在絮絮地说着，嘴拙如我，看着她的委屈，我问她，是所有的人都在讥讽你吗？她发了微笑的表情回复我：“不是啊！我的父母，还有我的同学们和一些好姐妹，她们都很支持我，在我参加比赛的时候，我的十几个姐妹还组成了拉拉队去给我助威呢！”

我说：“喜欢你的人那么多，你却为不喜欢你的那一个纠结着！你可知道，王菲初出道时也遇到许多的挑剔，如果她低沉于那些批判的声音，恐怕就不会是今天的歌坛天后；韩寒如果只纠结在对他文字的抨击里，也难以成为80后的文坛黑马。成功的人之所以成功，除了天分，还因为他们能够无视打击，为更多欣赏他们的目光努力。”

正如维萨集团的创始人迪·霍克所说：“无法达到梦想并不是错误，无法梦想才是真正的错误。”不是每一个心怀梦想的年轻人都能够成为王菲、韩寒那样的传奇，当梦想路上遇到荆棘，让我们昂起头坚定信心，为自己的梦想，也为身边更多欣赏我们的目光努力！前进的路上，梦想有多高，人就能够走多远！

不是每一种成功都惊心动魄

17岁时，他中专毕业，是个微微笑着说话还会脸红的少年。23岁的时候，他是全国劳动模范，坐在人民大会堂里气宇轩昂地留下纪念照片。我去采访他，把他从毕业到现在的工作经历细细地盘问了一遍，以为可以找到他成功的秘密，可是他的叙述却让我失望了。

他说，17岁毕业即进了这家纺织工厂，一直从事设备维修工作。6年来，他在高温车间里日日重复着相同的工作，机器的清洁、保养，哪里坏了，修修，仅此而已。

我认定，一定是这个略显腼腆的男孩儿不好意思讲自己的事迹，引导着他说，你再想想，这6年里你取得的最大的成就是什么？他认真地想，然后摇头，不好意思地笑笑。

我跑去找他的同事问，得到的却也都是些零碎小故事，比如他勤奋努力，曾经用一年时间自学啃完了大学机械专业三年的课程；比如他工作主动，在每年一度的通风道大扫除时，都是他带头跳进漆黑的暗道里清扫；听起来最像回事儿的便是他改装了一些设备，为工厂节约资金几百万……我仍然不满足于这些情节，执着地认为，对于一个年轻的全国劳模来说，他一定有着某些更重大、更感人的事迹。

我又去追问他的领导，他的领导赞扬着他，说起他的情况时，却仍旧只是一些日常琐碎的工作。

面对这样的采访结果，我略有些失望。一遍遍启发他，问他这些年来有没有经历一些大的挫折，想要他说一些雄壮的话语，比如因为路遇坎坷而迸发出渴望成功的激情，抑或是自身的社会责任感促使着他不断努力地工作。他想了想还是摇头，略带点委屈地说："我就是喜欢我的工作啊！一进到车间，看着纺出的白花花棉条，我就觉得有一股玉米抽穗的清香味儿。"

杰出物理学家爱因斯坦曾说过这样一句话：对一切来说，只有热爱才是最好的老师，它远远胜过责任感。曾经我认为，每个人的成功之路都会有惊心动魄的故事，可是今天当我绞尽脑汁去揭开这个年轻劳模成功之秘后，却发现，当你真心热爱这份工作时，努力的汗水就会伴随着你前进的脚步在成长路上步步生香。

相貌浮云说

爱美之心，人皆有之，即便是在古时选官，也要讲究个“身、言、书、判”的四大首要条件，而“身”也就是人的外貌，排在这四要素之首，可见自古以来，人们对外貌这件事儿看得有多么重要吧！而今，我们身处俊男靓女备受欢迎的时下，如果某天被“外貌协会”的人们刺激了，你可一定要hold住啊！

乾隆年间，就有这么一位，因为相貌不佳，虽然出身名门望族、祖上世代为官，却在33岁时才获功名，得了一个进士。因为他的畸貌，常被同僚取笑，甚至有人断言，以他的相貌，得个进士已然是祖上恩荫，若想再思进取，只能是痴心妄想了。

在当代，有这么一位英语教师，被形容长着拿破仑的矮小身材、外星人的硕大脑袋。而他，不仅长着如此“颇有性格”的相貌，读书的时候还偏科，数学从不及格，连续两次高考不第。还有人形容他说：“他给我最初的印象是‘丑’，而且不是一般的丑，是那种我不想再看第二眼的丑。”即便如此，他却扬扬自得地说：“男人的长相和他的智慧是成反比的。”

古时还有这么一位女子，相貌奇丑，头凹目陷，肤色黝黑，单单容貌不足为道就够了，她还心怀大志，对当时齐国朝纲不振、国运衰微深感慨痛，常发惊人言论，要放在当今顶多被人称个“愤青”就算了，可是在女子无才便是德的封建社会，直接导致她30岁还嫁不出去，成了一个“剩女”。

奇丑进士名为刘墉，后来官至内阁大学士，为官清廉果敢，成为一代名相。乾隆帝曾誉其“遇事既神敏，秉性复刚劲，得古大臣风，终身不失正”。

而丑小子马云，在2005年创造了中国互联网的最新神话——他带领着他的阿里巴巴公司成功地以一家并未上市公司40%的股权为代价，换来10亿美元以及雅虎中国全部的资产。

至于那位“剩女”钟离春，她前往齐国宫所在之地，自请见齐宣王，陈述齐国危难四点，宣王闻言立惊，采纳她的意见，还因为慕其才情，立为王后，至今还有“无盐娘娘长得丑，她为齐国定邦基”的传说在晏城民间广为流传。

才貌双全者固然备受宠爱，可是当我们翻阅历史巨著，却不难从中发现，有更多貌疏才佳者，因为肯比常人付出更多的努力最终成为斗南一人！

50秒拉住机遇的手

10年前，他还是个普通的出租车司机；10年后，他是当地报社的副主编。

他受邀回母校给学弟学妹们做报告演讲，有人请他讲讲成功的秘籍，他开口第一句话是：“利用好每一个50秒的阅读时间。”底下的学弟学妹们哗然。

他郑重其事地给大家讲了一段往事，高考时他落榜了，一段时间的郁闷过后，为了生活他干起了出租车司机，为多拉两趟客人多挣点儿钱，起早贪黑地在大街上来回奔波，大部头的书再无时间细看，每天买一份报纸成了新的习惯，放在手边，赶上红灯的时候，停住车子，拿起报纸看上一小段，在绿灯将要亮起时放下报纸，边开车边与乘客侃侃。

十年里寒来暑往，他一直安心做着每天读报的出租车司机，却因那个阳光灿烂的上午而变得不同。那天上午，一个中年男乘客上了他的车子，路遇红灯他又随手拿起报纸阅读，身边的乘客瞄了一眼他正在看的版，随口问他对这个版的意见。他从当天的新闻内容讲到前几天的新闻触点，一条一条讲得头头是道，乘客听着听着眼睛就亮了，最后眯着眼笑呵呵地给他留了一张名片，请他有时间去单位聊聊。原来中年人是当地报社的总编。

这一聊就彻底改变了他的命运，那一年他受聘进了当地报社做见习记者。没一个月，因为成绩优异提前转为正式记者。十年里，他谦逊认真，一步步升到部室主任、副主编的位置。

有人说他赶上了好机遇，有人说：“上帝真是偏爱你！”可他却说：“机遇和上帝一样，从来没有人见过它们长什么模样，可只要坚持学习，机遇到来的时候就能够稳稳地拉住它的手。”

爱说对不起的经理

她是个唐山女孩，三年前我和她在同一家公司共事，我们都是普通职员；三年后，我在另一家公司做普通职员，而她却在原公司升任为行政经理。

第一次见到她的时候，她是那家公司的第一车间调度员，而我是刚到车间的实习生，在每个车间实习一周左右的时间。她性格很好，不管走到哪里，都会留下一连串不加掩饰的如铃笑声。

第一天跟她实习，她带着我参观全厂，边走边细心地解说着每一处。当走进第二车间的时候，车间正在做大清扫，四处可见垃圾，她夸张地“哎呀”一句，回头跟我说：“怪对不起你的，头一天来就让你看到这么乱的场面，明天你再来看看，二车间其实是很清爽的！”说完又是一串甜甜的笑声。她说这句话的时候那么自然，就仿佛这厂是她开的一样。

有一次她在车间巡视，一个维修工正忙着修机器，她过去帮忙，两个人去抬那又大又笨重的机件时，老总路过，搭了把手帮他们抬了过去，放下后她看到老总被油污了的手，笑着说：“哎呀，看把你的手弄污了，怪对不起你的，洗手间在前面……”她那么爽朗那么自然地说着，仿佛她是老总，而老总却像是来参观的客人。

实习结束后，我选择了现在的公司，与她也渐渐失去了联系。前不久在一个场合偶然遇到，她居然还记得我，笑着跟我说：“怪对不起你的，当初你在公司实习也没照顾好你……”

可事实上，跟她实习的一周是我在那个公司最开心的七天。

紧握希望的温度

人说，云游四海，有房为家。住在出租屋里的我们总感觉自己是这个城市的浮萍，今天听着人们高喊“逃离北上广”，明天又听着人们高喊“逃回北上广”，不踏实不安定的感觉时刻会突然涌现，让人们的情绪无法高涨起来。

这几天，合租的小郭“被分手”了，女朋友离开他的时候坦言自己要嫁一个有房子的男人，小郭为此情绪低落了好几天。适逢周末，为了给小郭宽心，我们买来些羊肉、青菜，开了几瓶啤酒，在客厅里支起了火锅，屋外寒风凛冽，屋里香味四溢，暖意融融，姐弟五人推杯换盏好不热闹。

觥筹交错间，不知谁又把话题扯到房子上去了，小郭说：“什么都涨，就是工资不涨，什么时候我们才能有自己的房子！”一句话给五人平添几分郁闷，我们都是来自农村的打工仔，住在租来的房子里，看着越来越多的同龄人拥有了房子，感到自己身上的压力也越来越大。有很多时候，聊着天，一提到房子大家就没了情绪。

看着兴致低落的几人，我突然想起什么，打开手机里面的图片给他们几个看，那是几张分别从不同角度拍摄的客厅，大家纷纷说好看。

“知道这是谁家吗？之前在这里租房的琳琳，她就住在小郭现在的屋子里，后来买了自己的房子，还升职做了采购经理。看，这就是她们家的客厅，怎么样，漂亮吧？我们这房子是块风水宝地呢！从这里搬走的，都是买了自己的房子后搬的家！”我说。几个人轮流看着手机里的照片，啧啧地赞叹着，我看到小郭的眼睛顿时比之前闪亮了许多。

玲子一边翻看一边说：“如果有了自己的房子，我一定要做一块大红色的电视背景墙，那种正宗的中国红，一进门就透着喜庆的那种！”娟子接过去说：“我要给家里装上紫色的水晶灯，还要挂上紫水晶的珠帘，特别梦幻的那种紫！”

香气四溢的火锅旁，大家边吃边聊讨论了好久，直到都带了醉意，我们还兴致勃勃地研究亚麻布和纱幔窗帘哪个更好些，就仿佛自己真的已经买了房子明天就等着装修那样。

我说：“琳琳之前也租住在这里，工资也不高，和我们一样也会有郁闷的时候，可是只要努力，终有一天我们也会像她一样拥有自己的房子！”大家一起喊着加油，把手紧紧地握在一起。

当初喊着“逃离北上广”的人们又开始“逃回北上广”的时候，异乡城市仍然是冰冷且坚硬的钢架水泥构成，就让我们的手与手握在一起，产生的温度足够温暖自己与身边的人。

那照片其实是一个同事的家，当我给了他们一个希望的时候，也给了自己坚持的勇气。

异乡中秋

那一年，我远离家乡。

月圆夜，我和玲子背着一书包月饼在大街上见人就发。

玲子是我一个宿舍的同事，同样都是最怕过节的异乡人。中秋节那天，我俩对着七盒花花绿绿的月饼发呆许久，这里面有公司发的、领导给的、朋友赠的。

分别给家里打了电话，玲子在电话里和我妈妈甜甜地说：“阿姨你放心，我俩过得相当快乐，我俩有七大盒月饼……”我则在电话里对着玲子妈撒娇地说：“姐姐有四盒月饼，而我只有三盒呢……”

挂了电话，两人都不由自主地流下眼泪，其实，我们都没有自己想象的那么坚强。

吃过晚饭，我们对着这些月饼发了会儿呆，当初收到的时候光看着这些花花绿绿的盒子高兴了，却忘了我们都是不喜欢吃甜食的胖女孩，怎么处理它们让我俩犯了难。

想了N种又毙了N种方案，该送的朋友都已经送过了，最后终于决定，上街，把它们全都送给陌生人。

把月饼从大盒中取出，七盒，四十二块，装了满满一背包，来到最繁华的建设路，转角的小花坛里彩灯绚烂，路旁的银杏树不断有片片叶子飘落。中秋是个团圆的节日，路上行人比往日少了许多。

我和玲子把第一块月饼顺利地送给了一位行色匆匆的漂亮女孩，她有些惊讶，但还是笑着道了谢把月饼收进了随身的小包里。

可是这免费送月饼的行动也不是那么顺利，很多人误以为会是什么陷阱，摆手拒绝的多。更有一个阿姨，在接受了走出不多远后，又返回来把月饼塞给我俩说啥也不要了。

余下最后一块月饼的时候已经接近晚上九点了，我和玲子疲惫地坐在最豪华的三利商场门口的大理石阶上分吃了它。

后来，当我回到家，把这事当笑话讲给妈妈听时，妈妈先是陪着我笑，而后又搂着我掉泪。

笑容里的辛酸

颠簸三个多小时到达XX市一家汽车4S店时，已经接近中午，下来车，忙碌的工人中两个小身影飞奔过来，喊了声老师，就只会搓着满手的油泥腼腆地站在一旁笑。我和同行的张老师简短地问了些他们的近况，两人只答，挺好。

突然一个男人黑着脸冲过来对他们吼：“请你们来当大爷的是吧！”两人怯懦地说：“这是我们学校安置办的老师，来看望我们。”那人面色有所缓和，我客气地询问两学生的工作状态，那男人嘴一撇，扔出一大串诸如听不进批评、不能吃苦耐劳之类的话。两个学生低着头站在一旁，偶尔抬头看看我，一副很对不起我般的眼神。

我几次张了张嘴，都没有插上话，好容易等他抱怨完了，我刚想说几句劝解的话，他却一转身兀自跑去接待一个前来维护的车主了。

俩学生看着我喊了一声老师，又低下了头，一脸的羞愧和懊恼。我勉励了他们几句，掏出DV，要给他录段像，俩小家伙一听，马上整整衣领，换上一脸灿烂的笑容，对着镜头说："请院长、老师们放心，我们很好……"这时那男人又奔过来大喝一声："不许拍！"嘴里嘟囔着上回因为有人拍走了什么被罚了钱，俩学生脸红红地看着我们。实在不忍学生们为难，匆匆道了别奔赴下一家企业，可是那两张怯懦的、笑着的、尴尬的小脸，却久久在我心里纠结。

离别的时节榕花烂漫

总是在不经意的时候，被某一段旋律、某一个场景触动心灵深处。在生命的纪录片中，眼前的场景曾是那么熟悉的过往，如今又重现眼前，记忆里发黄模糊的底片与眼前的情景相互慢慢重叠、融合，直至被泪水模糊视线，看不清往事，看不清眼前。

今天下午，有几十名毕业生奔赴杭州工作。这群就要离开校园的孩子兴奋不已，一群群或牵或抱地比着"V"字在校园各处拍照留念，到了集合时间，学生们还没有站好队。我有点着急，催促着他们往车上装行李，生怕他们落下了东西，同时催促着带队老师集合准备送行的队伍。

这时，校园广播站广播员甜美的声音响起：亲爱的赴杭州信雅达公司工作的同学们，当你们离开学校走向工作岗位的时候，计算机系的全体老师同学们为你们点播了歌曲《一路顺风》，祝你们在以后的工作中事事顺利，祝愿大家都有一个美好的前程……

音乐响起，刚才还叽叽喳喳的学生们全静了下来，排好队走出校门。这时，列队在门外送行的同学们拥上来，拥抱，松开，再次拥抱……几个女生已经哭得两眼通红。突然就这么想起中专毕业那年，同学们为我送别的场景。

我是班里离开最早的一个，当时全班人都还在。班主任带着大家把我送到教学楼外面，也是这样，抱了又抱，哭了又哭。老师拍着肩膀时语重心长的话犹在耳，却已经换成我来为自己的学生叮嘱送行，只是不知道同我一起送行的孩子们中，是不是也有一个男生在默默关注着离开的某一个女生。

想起走下台阶时Water跑出来哭着拥住我说："我错了，咱俩合好吧，咱俩还是好姐妹！"想起走到第一棵榕树下时，同宿舍的七个姐妹追上来，只是为了再抱一回！想起走到第三棵榕树下时，那个戴眼镜的高个子男生在后面大声喊出："那79封匿名情书都是我写的，我会一辈子，一辈子给你写下去！"那豪气的声音振落了一树颤巍巍的粉色榕花。只是那时，我们谁也不曾想到，十年后，Water成了我的表嫂嫂，只要偶尔回家，便腻在一起八卦同学们的往事；如今同宿舍的其他七个姐妹分散在祖国各地，十年里做了很多的努力，每次聚会却总是少了一两个人，八个姐妹拥在一起的身影从此只在梦里出现；而那个戴眼镜的男生，毕业没多久就和他姑姑去了新西兰，从此再没了消息……

当这么多年后，自认为很强大的自己，一路跌跌撞撞地走来，再看到离别校园的场景，想起懵懂走过却不能重新再来的青葱岁月，我竟然难过到不能自抑，偷偷躲到卫生间里让眼泪掉个痛快。

第二辑

时光里的花布裙子

老师，我想叫你一声姐

“老师，我想管你叫姐。”下课的时候，五年级的磊磊跟在我身后，突然说了这么一句。

我大骇，开始反思，一定是我的教育方式出了问题，要么就是我不够威严。时年十九岁的我，刚刚开始教师生涯，唯恐在学生面前不够庄重，留着中规中矩的短发，穿着一本正经的黑西装，生怕学生看透我内心的惶恐，影响我在他们心目中的“高大形象”。

可是这个小磊磊，怎么就不想管我叫老师了呢？于是，我对着十二岁的小磊磊，讲了一通大道理后，才说出最关键的一句话：“磊磊，你要管我叫老师。”

时光荏苒，一晃已经十年，我更换了几次工作，离开任教的那所小学也已经五年多了。

前段时间回老家，帮着妈妈打理小卖店的生意，一个身高一米八左右的大男孩走进来，喊了声：“给拿包烟。”随后他又试探地喊，“你……你是彭老师？”得到我肯定的答复后，他告诉我他就是当年我教过的学生——磊磊。

当年他跟在我身后摇头晃脑地要喊我姐的场景倏忽闪现在眼前。他解释说：“当年我是被全班推举出来后去问你的，如果你答应了，我们就都叫你姐。”

我想了一下那场面，四五十个小娃上课，这个举手喊：“姐这道题俺不会！”那个举手喊：“姐俺要上厕所！”多搞笑！我不禁心里偷笑。

他又说：“那时我们特别想喊你姐，后来你不同意，我们商量决定，等毕业以后看见你，全都叫你姐！”一句话又把我感动得眼里晃动着点点泪花。我亲爱的学生们啊，为了所谓的形象，我甚至吝啬地连叫一声姐姐的权利都不肯给你们，你们却还是如此想要亲近我。

磊磊走的时候，我把他送出门外，他骑上摩托车，回头喊了声：“姐，再见！”

那些年咱们一起做过的事儿

或许我还能叫你一声姑娘，或许你已经是某个鼻涕娃的娘，但若提起咱们曾经一起做过的那些事儿，相信你会和我一样，不用抹那成百上千的化妆品，脸上也能泛着十八岁的光芒。

“折一千对纸鹤、结一千颗心情，传说中心与心能相逢……”哼着邰正宵的《千纸鹤》，心里甜甜蜜蜜地揣着单恋的男生，你躲在上铺认真地折呀折呀，每当折好一只放进宽口玻璃瓶里，就仿佛与他更近了一步。枕头下是你为了故意接近他借来的书，熄灯后打着手电筒躲在被窝里偷看，半小时不曾翻一页，心神飘荡在文字之外，悄悄羞涩、暗自欢喜。

那时候我们喜欢买一种带香水味的卡通信纸，用泛着荧光的彩笔写信，寄给远在千里之外的笔友，天马行空地交谈着，满纸都是十七八岁的痴狂与梦想。他在信里说自己是个神枪手一样的军人，他总是坐在草地上对着满天星星读你的信，身边是各种悦耳的虫鸣，你深信不疑，甚至不去想那星星是否能带给他足够的光亮，以便他能看清你写给他的字；你吹嘘自己是个极其美丽的姑娘，学校里面有许多男生为你痴狂，全然忘了你满脸的青春痘，曾经唯一的回头率还是个蹬三轮的大哥给予，他冲你一乐，大牙金黄。

那时候我们想要交流的欲望爆强，有那么多的悄悄话要讲，下课十分钟的时间根本不够。于是午后的课堂里，趁着老师背过身去，用小纸团抛出的优美弧线继续着我们没讲完的话题。练习本开始遭殃，随着伊人话题又臭又长，练习本迅速消瘦。

那时候的我们十分强调个性，拒绝一切物质、精神上的雷同，以为发出反对的声音就是个性，所以个个争强好斗，揪着一个字词都能辩个天昏地暗，非要争个你高我低出来方可罢休。

那时候的我们常常标榜时尚，在初春街头的冷风中，穿着不合时宜的单薄衣裳，竖起两个手指头，摆着标准的“二傻”Pose照相。毕业的时候我们印厚厚一叠照片，给全班同学每人分发一张；买厚厚的笔记本让全班留言，再给别人写上千篇一律的祝福。可是我知道，你给那个暗恋男生的留言刻意不曾重复。

我还知道，那个你暗恋的男生果断地牵了校花的手，只留你痴望着熬夜折好的千纸鹤，听着“千纸鹤千颗心，在风里飞”独自泪流；你与兵哥哥的信一写就是五六年，直到某一天寄出去的信被退回，上面简单的印章：查无此人；在课堂上的小字条刚刚写好，看到老师走过来，慌忙夹进课本里，没承想，老师却拿了你的课本说借我用用，巧的是，那张字条上写着老师穿的夹克真土著……那些日子就在痴望、等待、弹头爆栗子中成为永久的回忆，如今你马上就要成为小谁的媳妇、小谁的娘，我突然特别想要和你一起聊聊，回味那些不能重来的时光。

想念那些女子

那年冬天，雪夜。雪花洋洋洒洒地落满整个校园，望一眼窗外，银光遍地。我和她蜷缩在我的宿舍，挤在一张办公桌前，一个紧赶教案，一个批改试卷。

写一会儿便跑去抱着暖气片暖一会儿手，再回来接着写。她手腕纤长，极喜欢玉镯，常年戴一只在腕上。我故意吓她："女鬼最喜欢玉镯了。"她怕，瞪我，不让我再说。

我故意又说："聊斋里的书生夜读，常常会有女鬼执灯相伴，你说你身后是不是也站了一男鬼看着你啊？"她吓得"哎呀"一声扔下纸笔钻进被窝，我笑得眼泪鼻涕横飞，毫无风度。

她胆儿小，摩托车却骑得很帅，我胆儿大，但对这种一拧油门就满街乱窜的家伙缺乏控制力，挨了一回摔就学乖了，再不敢骑。每次被她载着以八十迈的速度在街上奔驰，急转弯处吓得我尖叫连连，她总是头也不回地甩我一句：智障娃。但我还是喜欢坐在她的摩托车上揽着她的腰招摇过市，因为被风吹起长发的我们，很年轻、很潇洒。

她叫萍，上大学的时候我俩上下铺，工作了又在同一所学校教书，直到五年后我先离开学校。

又一年深秋，唐山。免费K歌广场，两个女子在深秋的夜里，并肩站在人群里，歇斯底里地"吼"出一曲《死了都要爱》，不要惊异我们的默契，因为每次K歌，我俩的必点曲目就是《死了都要爱》。有一回我们把这首歌来来回回唱了三遍，直吼得喉咙嘶哑，说话直跑调。她的高音要优于我，并富有穿透力，模仿韩红的高音更是她的一绝。飙完歌出来，在北方寒冷的夜风中等待出租车的时候，你笑我，我笑你，嗓音都沙哑得回不过味来。

她是玲子，那个为了陪我过十一，把和男友的旅游行程往后改，每次都会给我弄一桌好饭，吃完再一起大喊减肥的东北女子。

在这漫长的初春夜里，蜷缩在被窝中，想起她们，还有和她们在一起的点点滴滴，过去的美好时光，如电影回放般在眼前闪过。想念她们，更想念我逝去的青葱岁月、芳韶年华。

七年一悟

生命不是一场赛跑，而是一次旅行，比赛在乎终点，而旅行在乎沿途风景。

回家的客车上，偶遇当年一学生，虽然六七年未曾相见，我们仍一眼就认出了彼此，她很热情地和我说着她的近况。上学时，她是一个成绩出色的女孩儿，今年刚刚大学毕业，在德州一家大型物流公司做文职工作。

遥记当年她曾一脸郑重地对我说："老师，我要学好英语，因为我的理想是做空姐。"仿佛就是镜头一切换的时间，曾经那个穿粉嫩花裙子的女孩换作眼前这个一身黑色职业装的姑娘，一脸笑着和我絮语她如今的工作和生活。突然心里闪过谁曾经说过的一句话：梦想这回事就是用来破灭的吧？那么简单悲凉的一句话，清清楚楚地说着梦想破碎后的忧伤。可是眼前这个灿烂的职场女孩，却分明用她脸上的笑容告诉我，她现在很幸福、很快乐，而我却在脑海里将记忆和眼前的场景切换着，被它们之间的落差搞得情绪低沉。

书上说，每个人都有过年少的梦想，只是能实现的没有几个，要实现梦想，唯有努力。多少作为80后的我们在年近而立之时尚未实现梦想，面对那些事业比较成功的90后弟妹，不由得心生浮躁。于是，更多的时候，我们在城市与城市之间飘荡着，在坚持与不坚持之间纠结着，在成功与不成功之间喜悦或忧伤着，认定自己必须出人头地才是寻到人生的幸福。可今天遇到她却让我突然发现，过去一切的纠结不过是自己给自己织一个茧而已。当梦想成为美丽的泡泡，安心接受生活的安排，在千万人行走的普通路上努力让自己幸福才是正确的选择。

对“幸福”的理解见仁见智，一万个人的心目中有一万种“幸福”的定义和概念。看看眼前快乐的女孩儿，生活就应该是这样吧，梦想破碎之后，安心生活，也是一种幸福。

你有“蛋壳症”吗

“蛋壳效应症”（EggshelleffectSymptom），一开始是英国儿童心理学家西蒙·安妮1965年首次提出并命名的一种青少年生理性心理疾病，是指孩子的脆弱心理，比如只能听赞美之词，听不得半点反对意见；有的孩子外表高傲，内心脆弱，敏感多疑；只能接受成功，不能面对失败，遇到一些不顺心的事情，就会有极端的举动，甚至轻生……这就是所谓的“蛋壳心理”，脆弱是它的本质。

而如今在职场中，同样患有“蛋壳效应症”的成年人也大有人在，其中不乏很多在外人眼中“功成名就”的明星和成功人事。患有“蛋壳效应症”的人表现为不能接受任何失败的事件，轻则容易产生消极心理，影响职业发展；重则常在冲动中走极端路线，酿成不可估量的惨案。2009年，省城某高校一位大学教授因单位福利分房榜上无名自杀；2011年8月，一名男子在深圳宝安区职业中介应聘失败要求退款时，与中介工作人员发生冲突，持刀捅伤中介三名工作人员，一人当场死亡，两人受伤，之后男子割喉自杀……特别是2009年陈琳自杀事件之后，针对有媒体提出的“陈琳自杀引深思，明星需要婴儿般呵护”这一标题，各高校心理学专业展开激烈讨论。

其实只要个人注重心理引导，“蛋壳效应症”还是可以被化解的。

首先，作为一个职场中人，我们要意识到挫折的存在。人生之路风雨交替，怎能终日和暖如春？在工作中、在日常人际交往中，每个人都有可能遇到挫折，挫折是客观存在的，因此要在心理上做好准备——蛋壳有可能会随时被碰碎。

再者，要看到挫折的两面性。挫折虽然会让人产生痛苦，可另一方面它又可以磨炼人的意志。遇到挫折的时候，不应只看见消极一面，要以乐观的态度对待，挫折也会成为你成功的契石。古代伟大的史学家、文学家司马迁曾因为李陵辩护，触怒了汉武帝，获罪被捕，被判宫刑。这件事“激”发了他发愤著书的更大动力，这些我们可以很清楚地从《太史公自序》与《报任安书》中感觉到。他说：人在困难面前，应该百折不挠；在灾难与逆境中要忍辱发愤，而困难与逆境恰好是激发人前进，鞭策人夺取最后胜利的绝好动力。

最后，要设计适当的自我期望值。对自身能力、兴趣爱好缺乏全面认识，一旦遇到不顺利的事就容易产生对自己的怀疑，以为自己不行，其实，很可能是自我期望值定得有些问题。

比如我的一个朋友，曾立志做一名主持人，大学从广播传媒系毕业后去各电视台应聘几十次，每次面试皆败北而归，一度心灰意冷。后来他的一位老师提醒他，既然你的文笔不错，为什么不能从事文字方面的工作呢？他转换路子，前去一家杂志应聘，一次面试便被录取，经过几年努力，如今已是那家杂志的执行主编。

人的心灵，是个神秘的世界，当它失去自信而又不知道如何面对失败时，就会把自己封闭起来，像裹上一层“蛋壳”：它非常严密，足以将所有人挡在壳外；它又非常脆弱，一点儿敲打，就可能将其击碎，激发出强烈的报复。这是十分常见的“蛋壳心理”，要彻底消除它并不难，保持适度的期望水平，不轻易地否定自己，牢记以上三条准则，给心灵一个“出口”，职场“蛋壳效应症”自会烟消云散。

回妈妈身边过年

长大后独自行走在坚硬的城市间，总以为自己坚强得可以跟钢筋水泥相比，没有什么不能独自挨过去。可一到过年，听着远远近近的鞭炮，看着左右提着大包小包回家的笑脸，便也会提上东西，顾不得拥挤的火车里难闻的气味和辗转倒车的辛苦，像只南飞的燕子扑棱着翅膀飞回家去。

只有回到妈妈身边，那噼噼啪啪的鞭炮声才透了喜气，在网上骂了千遍的春晚也会有了笑意。而妈妈也会在远归的孩子踏进家门那一刻亮了眼神，接过孩子手里沉甸甸的礼物，照例嘴里埋怨着不该乱花钱，却一一打开拿去跟邻居分享心里的喜悦。

夜里，窗外北风呼啸着，想挤进屋里与炉火红红的暖气做无谓的争斗。照例是要跟妈妈挤在一起，把脚伸进妈妈的被窝里，听她叨絮着一年中家里外面、左邻右舍之间冗长的记忆，直到夜静风平息，透过窗帘的橘红路灯映照下看着时钟指向十二点时，仍是没有睡意。

说完当下，便会想起之前，关于我小时候过年的囧事趣事，妈比我记得清晰。娘俩蜷在被窝里边回忆边笑。五岁的我拿着亲戚给的稀罕物——一个大大的橘子跑出去玩，一下午橘子没舍得吃，玩到天黑回来，橘子却不知道丢在了哪里，拉上爸爸顺着下午玩的路线去找，未果，回来气得连三十的饺子都吃不下去；还有一年，年三十换上过年的新衣，便急着跑出去显摆，和一群小伙伴跑到姑姑家村东的池塘溜冰，不承想到那年春来早，冰层不厚，有些冰面早已消融得只剩薄薄一层，一不留神三个人落水，幸好池塘水浅，连滚带爬摸上了岸，弄脏了一身新衣不说，连里面的棉衣棉裤都湿透了。哭着跑回姑姑家，被塞进被窝，姑姑把我的衣服架在堂屋炉火上烤，还要顾着给哆嗦的我搓酒压惊，那身藕色的新衣服上便多了几处烤煳的印记。初一拜年别人问起新衣服上的破处，我还脆生生地答人家："我掉水里了！"时针便在这笑声里指向了两三点的方向，打着哈欠还不忘提醒妈妈明天早饭给我煮浸了油的咸鸡蛋。

一个人在外过年，听着再多的鞭炮，看着再美的焰火，装得再怎么坚强也只拥有孤单凉意。只有在贴满窗花对联的家里，在妈妈身边时，才会想起自己多年前曾是那么一个爱哭爱笑的姑娘。不管屋外是北风呼啸还是雪花纷扬，在妈妈轻声的叙述里，记忆中童年的笑声就会慢慢温暖了心肠。

童年童话

记忆里，童年的雨说下就下，滴滴答答，像没有预兆就哭了的娃娃。大大小小的雨珠砸在田里来不及回家的人们脸上、身上，砸起一片欢呼一片尖叫。

带着节奏的雨点儿砸在树叶上、庄稼上、小草上，砸出一场华丽的音乐盛会，奏响童年雨中的童话。

"妈妈，下雨了。"

"有妈妈在，不怕。"

妈妈的双手是魔术师，一伸手，一柄绿油油的荷叶伞撑给娃娃。河畔的莲抖一抖脸上的雨点儿，在娃娃拍手的笑声中绽开一朵朵洁白、粉红的莲花。

娃娃有伞便不再急着回家，赤着脚跟在妈妈的身后，摇摇晃晃，故意把脚板在泥土地上拍出水花。

"妈妈，你看！这路边哪来的水坑，这水坑里哪来的鱼啊？"

“这水坑里是雨水，这调皮的鱼娃娃是顺着雨线游过来的啊。”

娃娃蹲在那里不肯回家，她要在这守着鱼儿，鱼儿离开了家，一定会想它的妈妈。

妈妈扯起娃娃，雨停了，鱼儿就会回家，现在，娃娃要回家。

娃娃把自己的荷叶伞给鱼儿留下，钻到妈妈的荷叶伞下。

记忆里，童年的雨说停就停，阳光瞬间耀了满天，像说笑就笑了的娃娃，如果不是那挂在叶上、腮上的雨珠，真仿佛那雨不曾来过。

雨后的乡村美得就像一幅画，一幅精工细描的工笔油画，细细调制着颜色，层层濡染，一处处景致纷呈眼前。被雨水冲洗过的树叶、草儿，绿莹莹泛着光泽，一朵朵花抖落雨水娇羞着盛开，那娇艳，让娃娃看呆了眼，不忍心下手去摸。

“妈妈，有彩虹。”

“姥姥说，迷路的孩子顺着彩虹就可以回家。”

“妈妈，这是真的吗？”

“真是个小傻瓜，拉紧妈妈的手。”

一大一小两个身影在翠绿的小路上相牵着愈走愈远。身后，水洼里的鱼儿摆一摆尾巴，跳上彩虹回到河里的家。

时光里的花布裙子

剪刀行走在棉布上，咔嚓咔嚓，咔嚓咔嚓，印着红绿花朵的棉布轻声呻吟着散落成方方斜斜的几片，被妈妈抱上印着牡丹花的缝纫机台。

那时，妈妈的手指尚且纤长、滑润，捏起两片布脚轻轻抖落几下，拎齐，在滴滴答答的针起针落声中，一条花裙子初现雏形。妈妈把它提起，抖抖看看，在我身上比比短长。

这条花裙子费不了多少时光就会成型，穿在我的身上，浆平的棉布一贴顽童的身，便揉搓出一道道褶皱，如同妈妈的额头上被日子捏出的条条纹络一样，愈来愈宽，愈来愈长。

天总是暖得很慢，让人心焦地等待着什么时候能把那漂亮的花裙子穿在身上。妈妈跷手一指，槐花开了就能穿裙子。于是小小的人儿啊，一日三次徘徊在树下，在一片青青的槐叶中，细细寻找着夏天到来的消息。或许老人们说得对，百年的槐树通灵，读懂了小女孩儿那焦灼的目光，在一阵暖风吹过的时候，吐出一串串洁白的米粒儿，让前来探寻的我欣喜若狂。

雀跃着跑回家，向妈妈缠着要我的新衣裳，在妈妈无奈的笑容里把花裙子套上，感觉自己脸上写着两个大大的字：漂亮。

午后，嘟噜着一串串洁白槐花的古树下，三三两两地坐着乘凉的奶奶婶娘，臭美的女娃儿穿上花裙子，跷着小手指，提着裙袂，轻踮着脚，扬着尖尖的下巴，故意在摇着蒲扇的她们面前摇来晃去，支棱着耳朵，听着人们一声声赞赏，小小的人儿啊，心里便敲锣打鼓烟花灿烂了。

装出来的淑女只能在人前维持那么一小会儿，钻进伙伴们中间，我就变回了最顽皮的那一个，哪怕身上穿着开满花儿的裙子，依然上树、爬墙、挖坑、下河……在玩耍中忘却了时间。日落西山炊烟袅娜时，被妈妈村东村西地喊着名儿找回家，喝一声：“这样到处瞎跑就不给你穿裙子！”臭美的女娃最怕妈妈不给穿裙子。于是小女孩瞬间乖巧，吃饭前讨好地摆放桌凳，故意拖着笨重的板凳嗨哟嗨哟地喊，直到妈妈脸上再次露出笑容。其实，妈妈吓唬人的话儿说了是不算数的，因为隔不了多久，她就会再次伏在缝纫机前，把她脑子里想出的新花样轧成又一条花裙子。

那时候，长大是我们的梦想，可是没上学前的时光散漫且悠长，常常随手背起一个书包，学着爸爸的模样对妈妈说：“我去上班了，你待会儿去看看咱娘。”妈妈就笑，我便在她甜甜的笑容里和同伴儿们跑出家门，奔向村外的河堤树林，和最顽皮的男娃子们一起攀到粗大的柳树上，斜倚着一根树杈，吹着柳笛，身体随着树枝颤动，一个个俏眉俏眼儿地笑着，成为记忆里一幅幅美丽的油画。

爸爸下班后的时间是小女孩最幸福的时光，河畔的地里，爸爸妈妈低头收拾着庄稼，偶尔抬起头来接一句我自说自话的问答，迸发出一阵又一阵的笑声，回荡在被夕阳染成了橘红色的河面上，惹得河里的鱼儿也跃出水面凑着热闹，溅起一串又一串的水花。

回家的路上，被爸爸扛在肩头，身后跟着妈妈，三个身影幸福地走在路上，身后是被夕阳拉长的影子。回家路上穿过一片密林，那时候的树林真漂亮，枣树、柳树、红荆、桑葚、刺槐三三两两地随意生长，鸟儿们随意把家安放，怎么看都像一幅画，哪像现在的树林，规规矩矩的成角成方。地上的草儿浓密纤长，随风摇曳，夹杂在其中的野菊和婆婆纳安静地溢着芳香。我扭转着身子从爸爸肩头滑下，颠着小辫儿在树林里跑呀跳呀，沾了一串快乐的苍耳在裙角上。我刚把裙子上的苍耳择净，童年就成了过往。

柳笛声声里的童年

沿减河东岸北上，九十里处到达我的故乡；沿岁月长河回溯，二十年处，是我的童年。儿时记忆里的减河、岸边的柳树、寂静的小村庄，在脑海里，愈长大，愈是清晰。

三月里刮春风，柳条儿泛了青，不是那春风吻翠柳，柳条还在睡梦中。当春风抚上大地，减河两岸的柳树第一个追随着她的脚步，绿了自己，减河水也一改冬日灰蒙蒙的冷面孔，扭着腰身儿、泛着水花儿欢快地流去。

村儿里的孩子们随着换去笨拙的棉衣，日渐活跃。放学铃声一响，一群小子丫头拖着书包奔向村西，谁家的大人看到这群向西奔跑的小人儿，都会大声吼一嗓子：“当心着，别掉河里去！”十几个小人儿齐刷刷的一声：“哎！”

奔上河堤，在落日的余晖里，各自占一棵树，三两下爬上去，把书包顺手挂在树杈上。折一根柳条，选中间无疤节的一段，轻轻拧到柳条脱离，用尖牙叼住里面的柳枝骨，抽出，拿小刀轻轻刮两下前端，一支柳笛便已做好。在没有玩具的童年，会发声的柳笛是我们最好的乐器。一群伙伴，各自握一把粗的、细的、长的、短的柳笛在手，轮换着放进嘴里，乐声四起，或低沉、或清脆，随着声扬音落，我们嬉笑着、挤眉弄眼着，以至于长大后一听到柳笛声便不由自主地要扬眉、要咧嘴儿。

记忆里一年的欢腾便是由这清脆的柳笛声起了头儿，大姑娘小媳妇半老的婆婆们也相伴着，剪一捆又一捆的柳条回家，用两根竹筷自制的夹子褪去青青的柳皮，露出一根根白润的柳条，浸泡、晾晒，最后在一双双巧手的编织穿梭下，做出一个个馍筐。吃饭时，热腾腾的胖馍躺在洁白的柳条筐里被端上了桌，热气儿一蒸，馍的麦香、柳条的清香，混合在一起，飘忽一室。

不知道已经过了多久这样的日子，只在翻看办公桌上的台历时，才获悉春天到来的消息。选了一个阳光明媚的周日午后，独自漫步减河湿地风景区，耳畔忽而响过一声清脆哨音，寻声望去，一个七八岁年纪的女孩儿站在那里，嘴里叼着柳笛，叉着腰仰着俏脸儿，一声儿接连着一声儿，把我的记忆从2011吹回到1991……

第二辑

一袭紫衣绕梦十年

比金牌更可贵的是宽容

我和丽娜彻底闹僵了，事情起源于市里的一场少年歌唱比赛。

我与丽娜同时报了名，面对两百多名参赛选手，我们双双进入前二十强，当主持人宣布下周末将举行决赛评出最终奖项，我与丽娜激动得手拉手欢呼雀跃。

其实，我与丽娜都不是第一次参加比赛了，去年国庆节市里举办的迎国庆唱歌比赛我与丽娜分获第一名和第三名。当时丽娜还笑称，下次比赛她一定要探取第一名的桂冠。当时我也对她说，如果你取得第一名我会为你送上一束鲜花，送你最喜欢的香水百合！

这天下午放了学，我们一起去逛商场，想各自买一件决赛时穿的裙子。在商场里逛了四小时，我们却两手空空。专柜里的衣服琳琅满目，可要么是款式不适合我们，要么是价格太贵超出了我们的预算，这样的结果让我们有些沮丧。当我和丽娜携手转过商场一角走进一家服装专卖店时，那家店里的一件玫红色连衣裙让我们同时眼前一亮。这件裙子款式很简单，宽吊带式的上身，裙身偏长，亮点在于，它斜线型的裁剪方式和嵌在斜线上的蕾丝，可爱又不失儒雅。

问题在于，我和丽娜同时看中了它。我们各自试穿了在镜子面前照来照去，我抚着贴在身上的裙子，真漂亮，我在心里赞叹着。

"真漂亮！"丽娜也对着镜子赞个不停。可是演出的时候，我们怎么能穿相同的衣服上场呢？撞衫可是演出的一大忌啊！

我与丽娜看看彼此，眼光中都流露出对这件裙子的喜爱，可是谁也不愿意先开口把这裙子让给对方。终于，丽娜提议说："我们各自买一件吧！但是演出的那天我们谁都不能穿它，等到上学的时候再穿，就算是姐妹装！"我竖起拇指，对她的主意表示赞同。

那天，我们又各自买了一件裙子作为演出的服装。

周末很快到了，我与丽娜早早就到了后台抽取次序签。很幸运，我抽到了最后一个上台。丽娜在第十六个上场。回到前面的观众席，爸爸妈妈早已经等在那里，更让我们惊喜的是，老师也带同学们来给我俩加油助威。

每一个参赛选手都对冠军之位虎视眈眈，看得出，他们也都做了精心的准备。美妙的歌声、多彩的演出服吸引得台下镁光灯不断闪耀。我拉拉身上的裙子，想，如果能穿着那件玫红裙子上场，我一定会更美更自信！

不知道什么时候，丽娜去了后台做准备。当主持人报出丽娜的名字时，我与老师同学们一同站起来拼命鼓掌，可是当丽娜款款走上舞台时，我愣住了。

丽娜没有遵守我们的约定，她穿了那件玫红裙子上台。

泪水在我眼里打晃。她怎么可以穿那件裙子上台呢！她怎么可以不遵守我们的约定！

爸爸妈妈看出我的异常，拉我坐下。上场之前我又到后台补了妆，可是心情却依然沉在谷底。之前做的一切准备都被丽娜的演出服打乱。轮到我上场了，那件玫红裙子的影子不停地在我面前飘来飘去。

这次比赛，丽娜终于如愿以偿地摘取了第一名的桂冠，可我却只得了第七名。领取奖品和证书时，参赛选手们互相拥抱，丽娜想要拥抱我，我却躲开了。

回到家，丽娜给我打了几次电话，都被我赌气拒接了，接连几天上学放学也是独来独往。下课的时候，丽娜想接近我，我就会马上闪身出去。

这天看电视，各频道的新闻栏目都在热议刘翔与"萝卜丝"事件，看着视频里"萝卜丝"一而再地勾打刘翔的手，导致刘翔发挥失常。当刘翔痛失金牌时依然大气地与"萝卜丝"相拥，面对媒体，刘翔说了有二十几声"没关系"，这样的大度与宽容让所有的人对他刮目相看。第二天我在报纸上再次看到这则新闻，标题是《不是冠军的冠军》。

刘翔给予碰撞者罗伯特的宽容、对于痛失金牌时的淡定，清晰地为我们演示了这一真理：比金牌更可贵的是宽容。

看到此，我不禁有一丝脸红，放下报纸奔向楼下鲜花店，我要去给丽娜买一束香水百合，并且我还要告诉她，我们依然是朋友。

童年的大院儿

五岁那年，我怯生生地跟在爸爸身后，第一次走进爸爸工作的地方。寂静宽敞的院落一角生着一株百年榕树，正是花开时节，粉红色的榕花悠悠地从树上飘落，美得像画里的风景。

东南西侧分别有一个圆形拱门，东西两侧的圆门走进去是爸爸他们的办公室，而南侧的圆门走进去沿着两行阔叶梧桐，两旁是一模一样的家属院，从开着门的人家探头望，三间正房，两间侧房，南面的应该是厕所，小小的院子里种着两株石榴树。我正东张西望着，东侧第二家跳出一个黑黑的短发姑娘，大大的眼睛炯炯有神，看见我爸爸，笑着大声喊了句叔叔，露出嘴角深深的两个酒窝。爸爸让我喊她倩倩姐姐，我反而躲到爸爸身后，露出半个脑袋偷眼望着那个高我半头的假小子，那是我和倩倩第一次见面。

倩倩比我大三岁，是自小在城里长大的姑娘，她热情地过来拉我的手，于是我羞答答地被牵去她家，吃着她拿出的一样样零食。那一整天，倩倩都拉着我的手领着我在院子里玩儿，她告诉我，外面的人都管这儿叫大院儿。我听着，认真地点头，这院子确实够大，光是梧桐树上掉落的球球都够我捡上一天的。我像个跟屁虫一样随着她跑到东跑到西，看她像个小大人一样同进进出出的叔叔阿姨们打着招呼，看她把大院里的孩子们召集到一起玩游戏。

下午大人们都去午休了，她从家里拿了一把铲子，拉着我来到大院的墙角，神秘地告诉我，这个大院里到处都埋藏着宝贝，随便一挖就能挖出一件绝世宝藏。我听完傻呆呆地问："什么是宝藏？"她一拍我的头，说："傻妞儿，就是好东西。"然后把我丢在一边儿，自顾自地挖起来。我哼着刚刚和她学会的歌儿，四下看着风景，听到她"呀"了一声，转头，见她一脸惊喜地举着条闪闪发光的金项链，我顿时目瞪口呆。此后的日子，我几次做梦拎着铲子满大院寻宝。

她把项链戴到我的脖子上，悄声儿说："既然咱俩是好朋友了，这次挖到的宝贝就送给你啦！不过，不要把大院里有宝藏的事儿告诉别人呀！"我摸着脖子上的"金项链"傻愣愣地点头。

后来当我家也搬到那个大院，我和倩倩姐姐最先熟络起来，我每天像个小跟班儿一样放了学就黏在她的身后，跟着她去她的同学们家串门儿，吃着她们自己动手做的冰糕，跟她们学着在作业本的反面儿画水彩画，坐在她自行车后座上，颠簸几里路去郊外她的农村同学家摘山楂，日子就像长了翅膀的鸟儿扑闪而去……

在我上小学二年级的时候，大院经历了一次人事变动，倩倩的妈妈升职去了市里，随即她们搬家离开了。分别的时候，我们两个没心没肺地看着忙碌的大人们收拾东西、互送临别礼物，根本不曾想到，那一别，就会是十几年。

头几年里还有倩倩的消息不断传来，再后来消息越来越稀少，最后一次得知倩倩的消息是她考上了青岛大学，之后便再无音讯。十几年里，大院的变化也很大，在我小学毕业那年，爸爸和他的同事们迁到了新的办公楼，大院卖给了一家工厂。那时候，倩倩送我的金项链早已经磨掉了金光露出了黑黑的铁色，我也已经知道大院根本就没有宝藏，只是在搬家的后很长一段时间，每当放了学我仍然会沿着熟悉的路线独自回到大院，爬上那株大榕树，选一株树杈躺下，随风摇晃，怀念着我的童年，思念着我的伙伴。

卖雪糕的姑娘

十五年前，一个暑假的午后，天闷热异常，妈妈给我装了半箱雪糕，让我到附近的晒麦场里叫卖。

说实话，我真不愿意去。十二岁的姑娘，也知道爱面子了，偶尔妈让我替她守一阵儿摊子，远远地看到有熟人过来，我就恨不得钻进冰柜里面去，更别提到那么多人面前去吆喝了。

自从进入暑假，卖雪糕赚零花钱的孩子越来越多，直接影响到妈妈的雪糕销量，忙着秋收的人们能在跟前儿买到雪糕谁还会特意跑到镇上来呢？进入暑假，每天晚上数钱的时候，妈妈都把那一叠零钞捻来捻去，好像多捻几遍就能多数出几张。

妈妈鼓励着我，说：“去吧，今天咱们要是破了一百七十元的关口，晚上给你们买黄庄烧鸡吃！”

我骑着自行车出发了。盛夏里午后两三点，天儿正热的时候，到了晒麦场我已经累得满头大汗，把车子支在场边的柳荫下，我知道，我该吆喝。

我张了张嘴，没发出声响，脸却已经红了。

我吆喝不出来。

我站在那儿，看着场里翻晒麦子的人们忙着手里的活计儿，没人注意到我。我给自己打打气儿，不就是吆喝一声嘛，有什么啊！

在心里给自己鼓足了勇气，可是再张开嘴，那一声吆喝还是堵在嗓子眼儿里不肯出来。

算了，我还是回家吧。我沮丧地想。

推起车子我打算悄没声儿地溜了，可一个大婶看到了我，远远地喊了一声："那不是赵大姐家的孩子吗？雪糕还有吗？"我喜出望外，一迭声儿地答应着："有有有……"人们围上来，七手八脚地递钱、拿雪糕，我一边儿收钱找钱，一边儿听他们说着："卖雪糕你得吆喝呀，不吆喝哪行啊!"

这一开张就卖了二十来支，给了我极大鼓励，驮着剩下的雪糕又转去了另一个晒麦场。我仍然不敢吆喝，干脆把车子推到麦场中央，一脸讨好地望着干活的人们笑，有认识我的人便会把人们喊过来买雪糕。

转到第三个麦场雪糕就卖光了，骑车奔回家，兴高采烈地又让妈妈给我装了多半箱，向着镇周围的几个晒麦场奔去。

那天卖了多少钱我忘了，妈妈有没有买烧鸡也忘了，只是这么多年来，每到夏天吃雪糕的时候，常会想起那个只会傻笑不吆喝的卖雪糕姑娘。

青春期的出走事件

那个炎热的星期天，趁着爸爸妈妈去看望姥姥，我在家里找出最大的旅行背包，把喜欢的衣服、平日里常用的小物件细细地收拾了一大包，揣好平日里积攒下来的三十七块五毛钱，然后拿过早就准备好的信纸和笔，给爸爸妈妈写下一封长长的告别信。

我在信里诉说着爸妈对于我过高的期望值带来的压力，以及由这压力衍生的抑郁，让我觉得我永远都达不到爸妈期望的高度，这份失落感已经让我很难过，而爸妈昨晚看到成绩单后对我的责骂再一次让我痛苦不已。我在信里信誓旦旦地写道：“我要去外面的世界寻找我的未来，不成功绝不回来！”写完后，自己流着泪读了一遍，觉得还没有把心里的想法都说出来，可看看时间，已经接近中午，再不走就来不及，推出自行车，锁好院门，就向着前往县城的大道奔去。

闷热无风的夏日，柏油路上热浪滚滚，路旁的柳树枝条纹丝不动，连知了都哑了嗓子。我骑着车子，没多一会儿就汗流浃背，裙子贴在身上，很不舒坦，踩着脚蹬的速度很快也降了下来。

我憧憬着以后的日子，到县城后坐前往省城济南的车，到省城找个地方打工，哪怕是洗盘子洗碗，一定要先找个落脚的地儿，然后再慢慢寻找好的工作机会，工作挣钱，然后再学习一门本事。学什么呢？女孩子还是学服装设计吧，这工作又轻松又有创意……我还考虑把这辆自行车放到爸爸一个熟人那里，然后让他捎回家。

这样想着，为自己周全的考虑而满意，嘴角挂上一丝笑意。突然旁边玉米地里蹿出一条流浪狗，吓得我“哎呀”一声叫出来，加快了脚蹬的速度，狗儿也被我的尖叫吓得扭头又钻了回去。我飞快地骑出一段距离，回头看看，狗儿并没有追上来，才放下心。

前面的岔路就是通往姥姥村子的路口了，我停住车子张望了一下，看不到任何来人，只有路边地里一浪一浪的青玉米叶子似摇非摇。我站在路边儿，给玉米须编着小辫儿，这阵儿，因为遭受责骂而产生的怨恨也渐渐消失了，我特希望能看到回来的爸妈，又担心爸妈会看到我，心里纠结着。

两小时后，又热又累的我骑车到了县城，虽然脚还在一下下蹬着车子，但那已经是累到麻木之后的惯性。十四岁的我是第一次独自来到县城，县城可真大。我按照之前爸爸带我走过的记忆寻找着汽车站，可是绕了很久都没有找到。大街上来来往往的行人很多，我却不敢开口，生怕这一开口就被坏人发现了我是离家出走的孩子。电视里讲过，那些坏人专门拐了离家出走的女孩，卖到穷山沟或者南方城市的红灯区，真是恐怖至极。

我实在累坏了，找了一处有荫凉的地儿停下来，旁边有个卖雪糕的大姨，她拿着扇子扇风的姿势让我想起妈妈。看看腕上的电子表，已经接近下午三点，妈妈今天中午不在姥姥家吃饭，现在这个点儿应该早就在家，哦，不，她应该已经看到我的信了，这时候她应该在外面找我。想象着妈妈焦急的样子，心里有种说不出的滋味。我已经开始打退堂鼓想要回家了，可是，如果我回去，等着我的，恐怕又是一场狂风暴雨。

卖雪糕的大姨总在瞅我，我起身离开，无力地推着自行车在大街上走着，越走越想哭，又害怕引起坏人注意。绷住嘴，斜着眼睛观察四周，来来往往的人都是那么可疑，我怕了。我决定，趁着天色尚早，赶紧回家去，哪怕回家再挨一顿骂，甚至挨顿板子，也比在这充满危机的大街上盲目晃荡要好许多！这时候，服装设计师的梦想已经被我抛到九霄云外了，我骑上自行车，撇着汗又往回家的方向奔去。

临近傍晚，回到家里，门依然锁着，掏出钥匙开了门，一切都还是我离开时的样子。信，静静地躺在桌子上，像是动都没有动过。显然，爸爸妈妈还没有回来，我把背包藏到床头的柜子里，把信折叠装进口袋，然后无力地瘫倒在床上。

爸爸妈妈回来后见我在床上躺着，说："没有做晚饭吗？这么大人了，连饭都不知道做！"说完，他们一边洗手做饭，一边说着姥姥的身体，我才知道，他们中午没有回来，是因为姥姥生病了。

我沉默不语，在爸妈经年不变的唠叨声中吃完了晚餐。我主动收拾饭桌上的残局，爸爸妈妈一脸的意外。不过，我的反常并没有引起他们太多注意，说了声写完作业早点睡觉，就回屋去商量姥姥看病的事儿了。

回到我的小房间里，我掏出自己写的那封信，又看了一遍，然后轻轻地把它撕碎。我决定这件事从此不再提。

赢不了的对抗

到现在我才明白，不论小时候还是长大成人后，我一直都是热爱学习的，但是我却连高中都没有上，更别说走进理想中的大学了。

从小学到初中，我一直是老师们最得意的学生，是被号召同学们要向我看齐的学习标兵，数学更是我的强项，经常考满分。小学毕业时我以全镇第一名的成绩考入初中，小学里教我数学的张老师是一位特别和蔼可亲的女性，毕业典礼上她拍着我的肩膀说："好好学，只要努力，你肯定能考上名牌大学。"站在毕业典礼台上，校长让我说出我的理想，十四岁的我大声说："我的理想就是好好读书，将来考上大学，成为老师们心里最优秀的学生。"

到了初中时，每个年级有十几个班，优秀的同学有很多，但我的成绩还是可以保持在前十左右。初二下学期的时候，教我们数学的老师突然生了重病，学校里因为师源紧张，调来代课的是一位临时招聘的老师。据认识她的同学说，她之前在家做赶集卖布的生意，因为脾气不好，总和人吵架，所以生意做得也不好。她老公在我们学校教书，所以才给她寻了这样一个差使。如果换到现在，没有教师资格证根本就不可能上岗，而在当时的乡村学校，代课的临时老师里面十有八九是像她这种毫无教学经验的。

新来的数学老师眼球是斜视，又常常冷着脸训斥大家，同学们都不喜欢她，可是却又毫无办法。有一天，数学老师在黑板上出了一道讲过的题，让同学们去解答，我很积极地举手跑上讲台，三下五除二把答案填上，想跑回座位的时候，老师喊住我，指着黑板上的答案大声问我："谁教你的？做得对吗？"我被老师严厉的责问吓住了，茫然地看了看黑板，没发现错误，这时另外一个同学举手跑上讲台把正确答案写在了上面，我才发现是自己没注意审题写错了答案。老师让那个同学回到座位上，回头对我说："不会就不要逞能！"我的头"嗡"的一声，从小学到初中，我一直被老师们夸奖回答问题积极、参加活动积极，"逞能"这个词严重刺痛了我年少的自尊心。数学老师还在说着什么，我一个字也没听进去，冲动之下，转身跑回座位上自顾自坐下了。这样的举动更是激怒了她，她冲过来拿教鞭指着我，厉声训斥，责问我："老师让你回来了吗？让你坐下了吗？你眼里还有我这个老师吗？"一通训斥之后，我得到了一个从今以后要站着上数学课的"特别待遇"。

第二天的数学课，我以为她已经忘记了对我的惩罚，在班长喊过起立，她喊过坐下后，就随着同学们一起坐下了。可是她却指着我说："你，站起来。"然后自顾自地讲起新课，任我一直站到下课也没再理我。

十六岁的我，被这样的"礼遇"气昏了头，从此之后，我无心学习，上课时间都被我用在思考怎样对付她了。我在小纸片上写上"卖布的"，贴上透明胶条，在她走过我身边时，轻轻粘在她的身后。她在教室里巡视的时候，所有看到字条的同学都在捂着嘴偷偷笑；我在上数学课之前积极地去擦黑板，然后把黑板擦里的粉笔末均匀地抖在讲台的凳子上……因为这些对抗，我也成了同学们心目中的"英雄"，当然，这样的"英雄行为"换来的是数学老师更严厉的责骂。有时刚刚在上一堂课被别的学科老师表扬过，到了下一节课就成了"不学无术、不像个姑娘"的反面典型，这样的落差让我几近崩溃，也刺激我更加积极地搜寻更多对抗她的办法。再后来，我开始逃课，在她向教室走来的时候，我大摇大摆地走向操场，听着她在后面大声喊着我的名字，不答应也不回头，心里充满了"赢者"的得意。整个初二的下学年，我迷失在这场对抗得到的"乐趣"中。

期终的数学考试，我得了9分，那鲜红刺眼的分数让我不敢把试卷带回家。再后来，她在课堂上公开"批准"我可以不上数学课，可是同时我却也发现，我失去了和她对抗的乐趣。

再后来我退学去了一家职业中专就读。毕业后的十年里，我换过许多份工作，边工作边学习才得到一张大学文凭。尽管后来，经过几年的努力与拼搏，最终我也留在了城市，有了理想的工作和同龄人羡慕的“作家”身份，可是相比那些直接考上大学，毕业后一帆风顺地在城里工作、生活的同学，我才沉痛地觉悟：青春期的那场对抗，我是唯一也是最大的输家。

首都求职记

曾经我们的老师说过这样一句话：“你们是我种下的一季庄稼，到毕业的时候，成熟的、不成熟的，都要一齐收割。”只是那时候的我们，还是只顾着风花雪月地挥霍着青春的少男少女，专业是计算机系的财会电算化，梦想着一出校门便一个个皆能成为大公司的会计师，哪里想到进入社会后竞争的残酷。

毕业前的实习是学校给联系好的单位，矫情地洒一把眼泪与老师和剩余的同学们拥别，心里却早就乐开了花。我们把自己想象成一个个为理想冲锋上阵的战士，豪情万丈地奔赴梦想中的职场。等到了北京，我们坐在前往公司的双层大巴上，看着沿途的首都风光和一幢幢高楼，心里暗下着决心，总有一天，这高楼有属于我的一扇窗！

到了公司，一同前往的十二名同学俱是心底一凉。那是位于中国人民大学西门附近的一家私营印刷出版社，办公室环境已经够差了，到了宿舍一看，环境更差！那是在两幢居民楼之间搭建起来的木板平房，中间用木板一隔为二，南面住了我们六个女生，北面住了六个男生。虽然这环境很差，但是我们十二个还被告知实习期结束后只能留下一半。

三个月后，实习期即将结束，我被告知自己无缘留下。虽然对那个环境早已深恶痛绝，可是在得知自己即将离开北京的时候，或许是因为被拒绝的失落感，我心里感到很悲伤。同时被拒绝接收的几个同学一起商量，决定不回学校等待分配，而是自己在北京另寻出路。

和单位商量过后，公司领导很开恩地允许我们暂时借住在宿舍，白天不必上班。第二天，我们便开始了在首都寻找工作的日子。

买了几份求职报纸，在密密麻麻的招聘栏里寻找着合适的机会，勾勾画，几通电话之后，大家便各自跳上不同方向的公交车，奔向大大小小的面试现场。

我选择的是几家广告公司的财务会计岗位，因为对北京交通线路不熟悉，摸到第一家面试公司的时候已经是下午一点半，又热又渴的我在面试现场坐了不到三分钟便被告知面试结束，连电脑都没让我操作一下。虽然面试官客气地说让我回去等通知，但我知道，这次面试失败了。

找到第二家公司的时候，依然是相似的结果。无奈，只好沮丧地回到宿舍。

第二天却连第一天的好运都没有，打电话询问了几家公司，一听说是应届毕业生直接就把我回绝了。这时，我们中间有一位同学已经非常好运地被一家广告公司录取了。羡慕之余，剩下的几个人更是焦急万分。我开始有点饥不择食地寻找一些非本专业的工作，当时只有一个念头，一定要留在北京。看到朝阳区有一家小区幼儿园聘幼儿教师，我打电话过去，被告知下午即可面试。从西三环乘公交车跑到东三环，又打听了无数次路人，终于到达那所幼儿园。面试的时候，参加面试的人都展示了自己的才艺，比如钢琴、比如手风琴，她们弹奏的多是儿童歌曲。轮到我的时候，我说："我会弹吉他。"面试的老师找了一把吉他给我，我磕磕绊绊地弹奏完一曲《一生有你》，全场人都用一种很无语的眼神看着我。

自然，面试再次失败！

第四天，我在报纸上一个角落里看到亚运村招聘文员的广告，打电话过去，一个很热情的女生告诉我到朝阳某大厦去面试。这时候有三名同学已经找到了工作，在宿舍里等着上班的日子到来，其中一个同学自告奋勇陪我去面试。我们两人顺利地找到电话中所说的某大厦，上了三楼之后，已经有十几个女孩等在过道里，离电梯口比较近的一个房间开着门，里面摆了四张桌子，每张桌子后面都坐了一个面试官和面试的人交谈着。我到门口探了一眼，其中一个面试官喊了我一声，让我进去坐下，当时我并没有考虑为什么可以让我夹塞。

我报了我的名字，拿出身份证和毕业证明给她看。她简单地问了几个问题，还故弄玄虚地打了个电话，说这里有个女孩子挺不错的，只是还没有拿到毕业证，问对方可不可以录取，得到答复后放下电话特别热情地恭喜我，说我被录取了。

幸福来得太快，我还没顾得上激动，她又接着说："交三百元钱押金，然后拿着这个地址和电话号码去亚运村报到。"就在这时，一个女孩子冲进来，把手里的东西砸向其中一个面试官，嘴里喊着："骗子，还我钱！"转瞬间其中两个面试官便和她扭打在一起，而等待面试的人中也站起两个女孩帮着面试官厮打。

遇到了骗子！我强装镇定，拿起身份证和毕业证明，打算趁着混乱悄悄撤出去。而给我面试的那位考官却一直盯着我，就在我准备向外走的时候，等在一边儿准备面试的另外两个女孩子也站起身向我走来，原来她们都是一伙儿的！我强装着镇静，赔着笑说："我的钱包在同学那里，我到楼下把钱拿上来。"其中一个"面试"的女孩自告奋勇陪我下楼一起去取。

到了一楼大厅，同学迎上来问我面试情况怎么样，我边说"被录取了，咱们到对面银行取点钱交押金"边用身子挤着她往大厅外面走，而那个一起下来的女孩自始至终跟在我身边。出来大厦门口，在同学根本没反应过来的时候，我"啊"地尖叫了一声，扯起同学的手腕开始狂奔，一直跑过一个红绿灯路口才敢回头。那个女孩好像也被我的尖叫吓蒙了，根本没有追过来。

经过这一场惊吓，我彻底打了退堂鼓，不几日后，与另外两名同学一起回到了家乡。

现在分析起来，我当初在北京求职失败不外乎这么几点问题，一是没有做好自己的定位，当时只顾着想要留在北京，对于并不适合自己的职位也去面试，浪费了时间、精力与金钱不说，还增加了被拒绝的次数，这样的打击对于刚刚毕业的求职者尤为沉重。二是参加面试的时候没有做精心准备，特别是第一天面试的时候，打完电话就直直地奔过去面试，如果当时有做一些充分准备，也许又会是另外一种情况。三是盲目参加面试，以至于遇到骗子公司，虽然没有金钱方面的损失，可是却让自己彻底失去了继续在北京求职的信念。

失之桑榆，收之东隅，虽然在北京参加了多次面试均求职失败，但是从失败中得到的教训却让我在回来后更加踏实地充实自己。十年来，通过不断地充电学习与磨砺，我成为公司企业文化中心的责任编辑。尽管我的事业还不能算有成就，但我在北京的那段求职经历，讲出来也只是为给各位应届毕业生提一个醒。我们为理想而战的人生旅途才刚刚起步，今后的路能不能走好，还要看自己的努力！

一袭紫衣绕梦十年

当我睁大了眼睛看着台上的模特在璀璨的玻璃T型台上走过，吸引我的不是她们曼妙的身材和精致的妆容，而是她们身上那一袭袭华丽的衣裳，太漂亮了，任何一个爱美的女孩子都希望能够把它穿在自己的身上。身边的老板娘对照着台上的模特在画册上钩画着，这款要了，这款也要了……随口问了我一句：“你看中哪件了？我送给你。”我轻轻地说：“我不买，我有衣服穿。”那一刻，我承认我心里真的很不平衡，那上面的价格，随便哪件我一年的实习工资都不够。我在心里安慰着自己：这是香港的时装秀场，我一个刚毕业的小实习生，能和老板娘一起来看看，就已经是很大的幸运了。

当模特穿着一款紫裙出现在台上时，我在心里暗暗地尖叫，那耀眼的紫色、翩翩的荷叶边，随着模特的猫步走进我的心里，我好喜欢这款。装着不在意的样子看看老板娘手里的画册，1288元，好吉利的数字！可是，我一个月的实习工资才300元。作为一个农村普通家庭出来的孩子，我实在没有任何资本做出这样奢侈的花费，我克制着对这款裙子强烈的喜爱，扭过头去，不再看台上。

时装秀结束后，我们回到德州。揣着或许可以找到类似款的想法，我狂热地爱上逛街，可是直到整个夏天结束，都没有找到那种颜色、款式的裙子。

那件紫色的裙子从此长驻我的心里。直到工作了三五年后，我终于可以为自己喜爱的衣服埋得起单，衣橱里添置了一款又一款的紫色衣服，那袭紫裙却仍是我实实在在的遗憾。

今年春末，在电影《一个购物狂的自白》里，女主角瑞贝卡穿着那款紫裙出现在镜头前时，我不禁惊呼，就是这款！太像了。在淘宝中搜索，购得。盼了好久好久，终于到了夏天，我怀着满心期待把它穿上，却悲哀地发现，这款裙子，并不适合我。

欠你一封信

我刚开始教书那年，小弟正在读高三，和远方城市一个叫阿洁的姑娘书信来往聊得热火朝天。他瞒着爸、瞒着妈，唯独不瞒着我。小弟在学校寄宿，爸每月去接他回一次家，回来后我们姐弟两人先躲到二楼一起看阿洁的信。

不得不承认，这姑娘非常有才华，字里行间透露着城市姑娘的神采飞扬。信里他们聊文学、聊音乐、聊美术，偶尔也玩一把捉弄对方的文字游戏。我仔仔细细地看每一封信，想从中发现弟弟早恋的苗头，最后发现他们真的只是文友。可是看小弟那么热衷于和她书信来往，终是担心他会因此误了学习，却又不敢当面说他，生怕他起了逆反心理。

有一天在学校订的杂志上看到这样一篇文章，有个女生匿名给同桌写信，在信里鼓励他要为自己的梦想努力，最终那个男孩实现了自己的理想。我突然灵机一动，不如学着那个女孩的主意，化名给小弟写一封信，鼓励他好好学习争取考上理想的大学。

我斟酌着字句不知道如何下笔，上课铃响了，该去上课了，心想，还是等放了学再写吧。那时我正在热恋，放学后，我和当时的男友短信来往聊得不亦乐乎，等到夜深入睡前才又想起这件事情，明天再写也不迟，我想。于是拖来拖去，写信这件事终是被我忘在脑后。

两个月后就是高考，小弟的高中生涯就这样结束了。一家人左等右盼，等来的只是一家市级学院寄来的录取通知书，到了开学的日子，同学们背着行囊走进大学的校门，小弟志愿书上填的学校全都没有寄来通知书。小弟拒绝去那家学院上学，选择了一家技术学院就读，毕业后进了一家工厂做一线工人，每天穿着油渍渍的工作服起早贪黑地来回奔跑。一年后他自己创业办学，租了校舍，聘了老师。为了省钱，他自己顶着报纸折叠的帽子粉刷教室和实习车间，在夏天炎炎烈日下、在冬季凛冽寒风中跑出百十里路去贴招生宣传页，骑着摩托车一跑就是一整天，经常忘记了吃午饭……

小弟的学校在创办第三年成为当地最有名气的技术学校，老师、学生几百人，可是他却变得又黑又瘦，和当年高中时的校草模样判若两人，手在机床上磨出一层又一层的老茧，一吃硬的食物就会胃疼……每当心疼地看着小弟的手，我就会想起当年那封没写成的信。有些事，迟了就是一辈子，我常常懊悔，如果当年我写了那封信，小弟是不是就能考上心仪的大学，而不用像现在这样在成功路上走得这么辛苦？

回头，也是一种前进

十五岁，活在梦想里的年纪，以为一伸手就可以够到天堂。她从报纸上看了一篇新闻报道，一个年轻女孩，开了一间裁缝铺子，专为女人量体裁衣。二十几岁的女裁缝，芳华正韶，夜里，橙色灯下低头画百种花样款式；曦光乍起时，亲自动手裁制一袭袭华衣，看千姿百态的女人把它穿在身上，该是怎样的恣意心情？看着看着，她的心就动了。

她决意要做一个裁缝！

退学！她打定主意，并在晚饭时宣布了这一伟大梦想。爸爸拉住就要跳起来的妈妈，躲进房间商量半天，出来跟她说："再有半月就放暑假了，你这伟大的服装设计师怎么着也得坚持到初二毕业不是？咱就从放了暑假开始！"

本以为爸妈会拼命反对，而她也准备了若干套应对措辞，甚至已经准备好为梦想被暴打一顿，却没想到爸妈这么轻易就答应了，心里居然有点小小的失落。

暑假刚一开始，爸爸就迫不及待地帮她联系学习缝纫的学校，带着她去参观、办入学手续。学校实习用的缝纫机不够，爸爸特意把妈妈N年没用过的缝纫机搬出来，擦拭干净送过去，那积极的样子，仿佛她退学正中他下怀一样。

第一天，她就在老师画在黑板上的前裆后裆、横线斜角里晕了头。

老师在前面讲得口水横飞，她在下面听得晕头转向。第五天实践课，她拿着粉饼在布上画满了横七竖八的线，提着剪子无从下手。老师经过她身边，看了一眼，从牙缝里"嗖"地吸了一口气，一把夺过粉饼想要帮她修改，可龇着牙比画了半天，最终却把那片布交回给她，说："去洗洗。"

学习到第十五天的时候，班上最笨的同学也已经做成了一条裤子，而她，轧了拆、拆了轧，面对的始终是那几块布满针孔的布片。第二十五天的时候，老师去拔牙了，据说，那牙是让她给气疼的。第三十五天的时候，她抱着一条腿长一条腿短的裤子回家了。

那天父亲对她说："人生如果错了方向，停止也是一种进步。"

那个女孩儿，就是我。

那年暑假结束，我乖乖背起书包重新回到学校。流年似水，转瞬十几年，如今的我在一家效益不错的公司工作。坐在温馨惬意的办公室，轻抚着办公桌前碧绿的滴水观音叶，回想当年炎炎夏日里，父亲推着缝纫机前往缝纫学校边走边拭汗的情景，记忆里父亲说过的那句话亦如这叶脉上的纹络，不经擦拭亦清晰明朗。

忧伤玫瑰绽放一夕

一去不返的青春岁月里，总有些事，如那小巷里渐黄的梧桐树叶，风一吹，就会落了遍地忧伤。

大一那年暑假，我在眼镜店里做临时促销，从早晨八点站到晚上六点半，月底可以拿到一百八十元钱，虽然很少，但这是我第一次挣钱。我乐此不疲地把昂贵的眼镜介绍给顾客，每当成功说服顾客，买走一架超出他们预算的眼镜，我心里都会有一种小小的成就感。

店庆了，老板请了一个歌舞团来助兴，听说，还请到市电台的音乐主持人悦涛。傍晚，顾客不多。外面，台子已经搭好，有几个人忙碌着在调试音响。演出的人都已到达店里做好准备。一个高高瘦瘦的男孩儿，抱着一把吉他，坐在店里随意地拨弄着琴弦。看到我正在看他，他一低头，一拂吉他，然后轻声唱了起来。那音乐很哀怨，他唱得很投入，我听得很悲伤。一曲终了，我问他歌的名字，他说，这是老狼的《流浪歌手的情人》。这时外面已经开始了演出，他拿起吉他往外走，在出门的一刻，我问他名字，他没回头，匆匆答了一句："悦涛。"

我们几个都被老板赶了出去，站在舞台下面鼓掌，被吸引来的观众越来越多。悦涛上场了，台下的观众和我们一样很卖力地一起为他鼓掌。唱第二首歌的时候，有人给他献了一束玫瑰。曲终，我和着人群一起喊："悦涛，再来一个！"于是，他又上台唱了一首。歌至中间伴奏的时候，他突然走过来，从怀里的花束中抽出一枝递给我，说："送给今晚最美丽的女孩！"在人们的尖叫和口哨声中，我红着脸接过了花儿。心动的感觉，一如绽放的玫瑰。

所有人都知道我喜欢悦涛，我每天抱着收音机，听他的节目到深夜。可是，悦涛却忘记了我，如水滴般蒸发在我的世界里。

一天午后，老板娘从外面回来，略带兴奋地告诉我，晚上悦涛要在附近一个手机卖场外面唱歌，她会陪我去听。

因为有了期待，下午过得好快。吃过晚饭，打扮停当，早早跑去占了位子。立到脚都麻了，悦涛终于出现在台上。我卖力地挥手，希望他能看到我。又有人上台献花，正当我懊恼忘记给他买花的时候，他从怀里的花束中抽出一枝，递给台下的一个女生，说："送给今晚最美丽的女孩！"那一刻，我听到有什么破碎的声音。

岁月流走间，我依然钟爱那首《流浪歌手的情人》，只是，午夜的音乐电台，他的频率成为收音机指针不敢拨往的地方。

白衣飘飘的年代

当我还是处在爱穿白裙子的年纪，喜欢你。那时候的我，看着不会划船却吹牛的你胡乱划着船桨，而我，坐在原处打转的船上看着水花四溅，不懂掩饰地戳穿你，看你窘出一额头密密的汗。

当我还是处在爱穿白裙子的年纪，喜欢你。在下雨的天气，和你一起牵手奔跑在树林里，一任草丛里的泥巴溅在我的鞋子和白裙子上，只要拉着你的手，我就有勇气和你一直奔跑下去，哪怕目的地在遥远的几十、几百公里。我知道，你会在我累到跌倒的时候，毫不犹豫地把我背起，即使走到无力，还会笑着说："你不重，我会背你到任何地方！"

当我还是处于爱穿白裙子的年纪，你也只是一个穿花格子衬衣的男孩，你会因为我的一句话而陪我奔出几十公里，去探那荒芜了许久的鬼屋，看里面究竟藏着什么样的秘密。然后因为恐惧，两个人面对面站在那里大声尖啸。

当我还处于爱穿白裙子的年纪，我愿意跟着调皮的你到处瞎逛。在下过雨清冷的天气，我们躲到西瓜地的瓜棚里，你偷摘一个西瓜，以膝为案，以手为刀，掰一块儿最好的给我，就着清冷的风，和我一起品尝。当时光流走多年，一想起，记忆里的甜味仍会那么清冽明晰。

当我还是处于爱穿白裙子的年纪，你会因为我随口的一句喜欢而跳下水去，任清凉的河水湿透了衣裤，为我捧回一只闪闪发光的萤火虫，而我也会把它当作宝贝，在它盈动的光里，让眸子亮起。

爱你，在那个白裙飘飘的年纪，所有相处的时光都如童话般美丽，即使是走在冷冷的风里，触到你的指尖，心里就会是一片柔柔的暖意；爱我，在我白裙飘飘的年纪，纯粹地为爱而爱，为心而喜，我的一个笑容就能给你莫大的力量和勇气；相爱，在那个白裙飘飘的年纪，没有世俗和物欲，不顾虑房贷与利息。为一纸洁白素雅的情话而欣喜，为我的回眸你的一笑而怦然心悸，为两人偶尔对视时眼神里的爱意而默默欢喜，为分别时的思念哭泣，为相见时的激动洒下泪滴。直至，当年华似水滑过，所有的一切都会成为过去，成为那个白衣飘飘年代里的永恒记忆。

那些躲在箱子里的爱

午后，帮着妈妈收拾房间，在二楼的储物间拖出一只大纸箱，里面都是多年前我存放的书和磁带。整理着，从箱子里找出一张大大的牛皮纸信封，鼓鼓的，有新华字典那么厚。抖落灰尘，打开，是一张一张的明信片，上面龙飞凤舞地写满了青春期少女的呓语。

我抽出其中一张，背面写着：我宁愿自己是一滴水珠，在大雨倾盆时假装无意间落在你的脸上，滑到你的唇边，偷偷吻你。即使在坠落地面的时刻失去自己，我也愿意用生命来告诉你：爱你。

翻开另一张，里面写着：变成一株黄玫瑰，等着你，在你渐渐走近的脚步声里，竭尽全力绽放自己。即使只换来你的一瞥，我也依然愿意，把生命里最璀璨的时刻绽放给你。

看着自己拙劣的字迹，不禁羞红了脸。这些不曾寄出的卡片上的文字，全部写自青葱岁月里的暗恋时期。

他是我中学时的班主任，教我们那年，是他大学毕业工作的第二年，对他的暗恋更多源自对他才华的仰慕。那时候，语文课是我们最爱上的一门课，他的板书苍劲潇洒，下了课，有好些同学跑上讲台拿一只粉笔头去临摹；男生们刻意模仿他，用低沉的男中音说话一度很流行；他住在学校的宿舍里，女生们借着问作业的由头去他那，瞄一眼他桌上的东西，他擦大宝，喷古龙男士香水，于是那些喜爱他的小女生把满教室里喷得到处是古龙香水的味道。

我们着了魔般热爱学习，他布置的作业都常常是两遍三遍地写，唯愿在上课的时候能得到他的一句夸奖。那年期末考试，张出的大红榜上，年级前十名全是我们班的女生！

而我，在每一个特殊的日子，偷偷躲在自己的小屋里，写一张张明信片给他。在他过生日的时候、在我演讲比赛得了第一名的时候、在我作文比赛得奖的时候……一张张精美的明信片上，毫不避讳地写满少女爱的宣言。只是，这些明信片的归处是书箱里的这个大信封。

他在我们中学毕业前夕结婚，新娘也是我们学校的老师。也是在那个时候，我才知道有多少小女生暗恋着他。在听到他将结婚的消息时，那些多情的女孩子醋意十足，甚至有一个女生拒绝再上他的课。而我，也曾悄悄躲在自己的房间里，一边看着写给他的明信片，一边哭得百转千回。

记忆这东西很坏，往往让你把过去的酸涩当成甜蜜来回忆。当年那么苦涩的暗恋，可现在却觉得这些明信片、那些酸涩的话语，都是青春里那么甜蜜、那么美好的印迹。

怀揣敬畏之心生活

午后一点半的阳光透过薄薄的粉白窗帘钻进室内，心底生出几分慵懒。Amy Diamond天籁般的声音在室内缓缓流淌，那首经典的Heartbeats伴着一杯冰绿茶的清香，一个润心，一个润喉。这样舒适惬意的时光，让心情也变得格外舒畅，即使屋外寒冽冬风放肆横行，借着窗缝钻进房间，把窗帘撩拨得颤动，也是值得原谅的。

这是一个遍地都是“大师”的时代，幸运，我们面前的“大师”不计其数，如走马灯样穿流过往。路过我们的人生时，“大师”们跷着手指侃侃而谈，揪出我们这里那里的错处，指出未来应该怎样前进，怎样躲闪，让我们在二十几岁的年纪，面对生活，熟练得像个六十岁的老人。窃喜，以为这样的人生之路终于可以提高到合格线上，咧开嘴角，笑容尚未来得及就位，却不料，又来一位“大师”，悲叹一句：人生怎么能完全如一？本就该生涩着生活。这样的话犹如凌空一掌，把来不及完完全全展开的喜悦连花带叶一起拍碎在墙上，淌下一串绿的红的汁水。

所幸这生活并不完全如上面所说那样，还有许多美景供人悦目，还有许多美妙音乐让人悦耳悦心，更重要的是，还有许多人、许多爱，温暖着我们。

心，人体内最柔软，却又最容易被变得坚硬的东西，在我们一点一点长大的同时，也被生活中的痛苦与伤害一遍遍磨砺着，直至磨出伤、淌出血，结成了疤，生成了硬枷。而那些爱我们的人，做了许多感动我们的事，像是把柔软剂抹在我们的心上，与痛苦和伤害争夺着地盘，把被它们磨硬的地方一点一点擦拭，让它重新变得柔软。

十年间，一个人走过许多地方，遇到过很多好的、坏的、不好不坏的人，他们中的有些人成了我们永远的朋友，更多的人却是我们生命里的过客，而我们又何尝不是别人生命中的过客。只是相遇的那一刻，我常常会想起那句话，一次短暂的相遇，一处细微的温暖，一段永恒的记忆，当人生的轨迹交汇过后，回头去看，交汇处那一点光亮，如星闪烁。

老人常说，举头三尺有神明。你说的话、你做的事都有神明在看着，若做了伤害别人的事，这伤害终会有一天回报到他的身上，我笃信。一个人离开家这么多年，走过许多地方，做了许多事，幸好，十年的行走让我依然保留着胆怯和柔软的心肠，每天晚上睡前都会回顾，今天可有违背良心？也常常胆怯惶恐，是否在无意间伤害过别人？常常见到那些骄横的男男女女，仰仗着出身或是成就，肆无忌惮地伤害着别人、嘲讽别人，每当这时，我总会莫名地替他们担心，因为我能看到，同样的伤害或者坎坷就在前方不远处等着他们，就像Heartbeats里唱的，无论你做了什么，我和你一样恐惧。

最喜欢登山，每年入秋的季节，独自背着简单的背包，里面一件厚衣裳、两瓶水、一包烤肠，听着耳机里凤凰传奇的音乐，感觉自己像是仗剑走天涯的侠女。自山脚下走向目不可及的山顶，一路上，看着山道上方方正正的石阶，感念着古人的辛苦与伟大，面对峭壁上横空生出的古树与野花草，我也感到由衷的敬意——为它们顽强的生命力。在半山中常常遇到挑着重担子的山夫，几乎全是干瘦黝黑的脸孔，不站在对面细看，简直分辨不清面目，可是他们沉默着弯腰向上攀登的姿势，却和那树那花一同定格在我的镜头中。每当遇到压力的时候，翻着十年来保留下来的照片，就会平添许多勇气和力量。那些走过的路，遇到的人和事，无一不在激励着我前进。

离开家十年，和大多数人一样，一直在为生存而努力，拼尽力气换取一处可供歇息的暂居地、一些可制造血液维持生命以便继续努力的食物。落寞时，也曾站在华灯初上的闹市街头，看着远处万家灯火和热闹霓虹，悲伤自己努力了这么久，仍然只是在生存而不是生活。每当生出这样的想法，就去看南禅，去寻一个同样崇拜南怀谨的大姐，听她讲因果定律、因次第尽，对生活的敬畏之心又会升起，告诫着自己，只要一抬头，就能拥有阳光、星空、美景，只要一伸手就会触摸到那么多双温暖的手，还想要和生活计较些什么？于是又有心情对着路旁的花草笑得阳光灿烂，就像塔莎奶奶所说的，仅只是活着，就值得感谢了不是吗？

冬日的午后依然寂静清冷，Amy Diamond的歌声还在单曲循环，我敲击键盘，写下一篇篇或美或丑、或温暖或感伤的文字。看着屏幕上任我排列的文字和符号，我仍然在惶恐着，生怕误导了别人，更怕扭曲了自己的内心。即使是面对通篇文字中的一个标点符号，我也是心怀敬畏的。

第四辑

游过父亲的河

母亲的谎言

他走到现在的位置，真的挺不容易。当年作为刚毕业的大学生，出身农村的他在找工作时也是同扩招后的现在一样艰难，幸好，他遇到他的妻，妻子的父亲在某局任着一个不大不小的官儿，关键时刻，老丈人出手助了一把，他才得以顺利地进了国企。这些年，人前人后，他付出了比别人百倍的心计和汗水，终于换得现在的地位。他是个有良心的人，对于岳父的帮助，他不只记在心里，而是时时地回报着，三天两头去看望岳父，还一直资助着日子稍显困难的妻妹。他娇纵着他的妻，偶尔面对妻子的张扬跋扈，他的心里也会微微失衡，可想到一辈子清正刚直的岳父为他伸手开了后门这件事儿，委屈也就慢慢消了。

自从结婚后，每年春节他们一家三口都是在岳父家过，因为妻家里只有两个女儿，岳母早逝，家里只剩下岳父一人，一到过年，邻里舍间人来人往，唯独岳父自己冷冷清清，妻不愿意，他也不忍心撇下孤单的老人。后来妻妹结了婚，也是效仿姐姐姐夫回娘家过年，再后来两家都有了孩子，这年回回倒也过得热闹。

他的心里，也会常常想起远在乡下的寡母，庆幸的是他还有两个弟弟都在乡下母亲身边。饶是这样，他的心里仍是过意不去，只是在平常日子回家见了母亲，尽可能多地给母亲塞些钞票，母亲每回都像钱烫手一样死活塞回给他。

日子在他职位的升迁中慢慢流逝，如今他的儿子都要跟他一般高矮了。这一年，他的老岳父因为中风进了医院，他跑前跑后地叫着爸伺候着，同病房的人都以为他们是父子。老爷子终是没有挺过这一关，临去前拉着他的手，说："好女婿，没白疼你！"

冬天又到了，冰凌刚刚挂上窗梢的时候他就跟妻商量好，今年要回乡下过年，妻同意了。临近春节那几天他更是兴奋，每晚都给妻讲着乡下过年的热闹，讲两个弟弟喝着酒，两个弟妹忙碌着包饺子，四个侄儿侄女争着抢着去点燃新年夜里第一串爆竹的场景。这些，都是母亲转述给他的，母亲讲这些事儿时洋溢着一脸的幸福。

当他携妻儿开车载着一车丰盛的年货，年三十中午抵达乡下的家时，门上却是铁将军把门。敲开对面邻居的门，不等他发问，邻居的话便像铁锤一样句句砸到了他的心上："你两个弟结婚后都不当家，你弟媳们说老大都不回家过年，我们凭啥不能在娘家过年？年年拉着你弟弟回娘家过年，你娘便和村里的五保户们凑到一块儿去过年。这会儿她们在村委会呢……"想起十几年来娘和他说起过年场景时的一脸笑容，年过四十的他在邻居、妻儿的面前号啕大哭。

母亲的勇气

她是一个远嫁国外的台湾女孩，新鲜的异国风情、老公的宠爱让她乐不思蜀，时常隔了许久才想起给妈妈通个远洋长途。听着彼岸的妈妈在电话里絮叨着要她注意季节交替，让她勤快增衣，还说着对她的挂念，心里笑话着妈妈，嘴里却撒娇说着我又不是小孩子，懂得照顾自己。

她怀孕了，辛苦九个月生下一个白白胖胖的儿子，打电话给妈妈报喜时，无意中说了一句："妈，好想念你煨的鸡汤哦，那么香，一想起口水就流满地。"

隔了些时日，母亲真的不远万里来到她的身边，着实给她一个惊喜。母亲到后亲亲外孙就一头扎进厨房，叮叮当当一阵忙活，厨房传来那股熟悉的鸡汤香味。喝过鲜美的鸡汤，母亲照看着孩子，她甜甜地睡去。来后她跟妈妈撒娇说生了宝宝后第一次睡得这么久这么甜，母亲宠爱地看着女儿的憨态笑了。

母亲陪伴她两个月，因为签证到期回国了。她忙碌在奶粉尿片中，日子就这么一天天过去。

三年后，她无意中在网上看到一段视频，一个不懂英文的母亲，为了去照顾坐月子的女儿，带着煲鸡汤用的中药，在委内瑞拉机场被误会携带违禁物品被拘禁。视频里，老人被突然冲过来的警察按在那里，无助地大喊。只看了一眼，她的泪霎时如雨——那视频里是她的母亲。

一个六十三岁的老人，不懂英文，第一次乘飞机，辗转三十二万公里，在三个国家换乘，见到女儿时，却把一路的辛酸和委屈埋在心里只字不提，这份勇气让我们一再感慨：母爱是这世界上最伟大的存在！

倚在母亲肩上读书

黄嫩嫩的枣花落了一地的小院子，二十多个大小不等的娃娃坐在排得整整齐齐的小板凳上，拍着手唱着歌谣，穿蓝布衫的女老师脑后拖着一根长长的辫子，站在娃娃们前面拍着手领唱。那是三十多年前的场景，那个女老师，是我的母亲。

二十九年前我呱呱坠地，这个小小的乡村幼儿园里便又多了一个学生。十个月学会走路后，我就摇摇晃晃跟在母亲身后，听她教那些哥哥姐姐唱：小兔子乖乖，把门儿开开，快点儿开开，我要进来……欢快的歌声摇得枣花纷扬。

长大后老师上课时提到一句话，说母亲是子女人生的第一任老师，同学们木然点头，我窃喜，母亲是我真正的第一任老师。每一个晴好的天气，我们的课是在院子里上，天气冷或热、或刮风雨雪的时候，我们才会把课堂转到我家的三间小土房里去。在那个简陋的院落里，母亲不光养育了我，她还教会我唱第一首歌，教会我认识第一个字，教我读完第一本书……

母亲的头发在生我之后就剪成了好打理的短发，像那时常见的农村妇女模样，但她还是有别于她们，就比如，在吃完晚饭的时光，她总是捧一本书坐在桌前就着昏黄的灯光看得入迷，让我很是好奇那些密密麻麻的小字堆积了什么动人的秘密在书里。缠她要书，她便给我买来一些图画书，《白雪公主》《小兵张嘎》《西游记》……渐渐地，我不满足于这些，缠着母亲要看那些没有图的书。最初的几年里，我都是紧紧地倚着母亲的肩读书，遇到不认识的字就喊一声妈，而母亲一侧头就能看到我手上的书，告诉我那个字念什么。

幼儿园在我上小学后不久就被合并到另外的村子里去了，母亲的教学生涯同时也宣告结束，每天下地干活种庄稼。放学时，常常见她扛着粘有新鲜泥土的锄具从地里回来，拍一拍身上的泥土，就赶着给我们做饭。

晚上写完作业，我仍习惯到书架取一本书来读，而母亲却忙碌着手里的针线，或是我的衣服，或是爸爸的鞋子。翻看着书，我不认识的字越来越少，有时候偶尔遇到一个陌生的字词，仍是懒得去查字典，习惯着喊一声妈，等她放下手里的针线来告诉我。

枣花开了落了二十几载，母亲在忙碌的日子中生出了丝丝白发，眼角增添了缕缕皱纹。母亲上了年纪，在我长大离开家后才又重新拾起了晚上读书的习惯。离开家独自漂泊的日子，习惯了隔很久才与母亲见一次面。每次回到家，母亲边给我做着各种美味，边和我分享着她近些日子的读书心得，从卡耐基的《美好的人生》到《尼采的心灵咒语》，还有韩寒的《青春》，涉猎的范围非常广泛。我才发现，与母亲相比，我最近读书实在太少了。

回家的日子，晚上母亲沏上一壶茉莉花叶，在溢满清新茉莉花香的客厅，一家人各自捧一本书认真品读着，遇到一个生僻字，我仍习惯性地喊了一声妈，她戴着花镜看了半晌，告诉我她也不认识。我心里突然酸酸的，想要流泪，赶紧端起面前的茶杯掩饰自己。我长大了，母亲老了，可岁月流逝间，母亲给我的爱是我终其一生都读不尽的书。我很庆幸母亲是我的母亲。

天下父亲

天气有些闷热的午后，知了叫得人心烦意乱，我正在安排学生参加一个企业来我校举办的校园招聘会，一会儿照顾企业的领导，一会儿维持等在外面的学生秩序，忙得不亦乐乎。因为这是一家国企，待遇和福利比同类公司要高出一大截，报名的学生不少，录取比例是1：12，可想而知，竞争是多么激烈。

偷了个空儿，回到办公室，刚端起水杯，就听到一句轻轻的询问声："彭老师吧？"我转回身，一个佝偻着肩，看起来比我还要矮小的中年人怯怯地站在那，略黑的脸上淌着汗珠，像是走了挺远的路。来者都是客，我赶紧让座，他却坚持要站着说："我娃……也参加这回面试了，家里穷，指着他毕业了能多挣点钱……"

我马上明白了他的意思，想让我给他的孩子走个后门，这样的事情遇到过不是一两回了，我笑着对他说："这位家长，你大可放心，孩子只要足够优秀，企业也不会放过一个人才。报名的这一百多个孩子对于我们来说，手心手背都是肉，还是让他们公平竞争吧。”他往前凑了凑伸手往我手里塞了样东西，不用看，凭感觉就知道那是什么。尖棱的纸角扎疼的不光是我的手。年轻气盛的我感觉受到了莫大的羞辱，推开他的手说：“收回去，你要是这样的话，我连面试也不让他参加了！”他的脸瞬间涨得通红，把钱装回口袋，嘴里嘟囔着：“老师，受累……”我感觉自己有些过分，随口安慰了他几句，把他送出办公室。

突然想起八年前，刚刚毕业的我参加了一个中学的招聘会，那个炎热的午后，爸爸特意请假骑摩托车送我去试讲。我在教室里讲课的时候，爸爸就像个雕像一样，一动不动站在热辣的太阳下听着。下课后，爸爸也是这样涨红了脸膛拦住听课的领导们，打听我讲得怎么样。

录取名单出来后，那个男孩的名字赫居首位，心里稍稍有些宽慰。我想，这孩子必定也和当年的我一样，为了父亲那满心的期冀，把自己最优秀的一面绽放。

圣诞节爱开花

走在大街上，沿途橱窗上贴满了大大的假雪花与琳琅满目的小礼品，隔不多远就能看到一株挂满亮星星的圣诞树，圣诞节又快到了！我对这些洋节日向来不感冒，可是每年的圣诞节，我都会给爸爸妈妈送去圣诞礼物。

还记得那时我刚毕业在北京实习，爸爸去探望我，晚上请我的同事们一起吃饭的时候，同事们怂恿我第二天请假带爸爸去爬长城，从来没有去过长城的父亲也被他们说得起了兴致，答应着并记下了旅行社的电话。少不更事的我鲁莽地接了一句：“大冬天的，花好几百元钱去受那个罪呢！再说上面也没看的，就是一堆砖头而已。”爸爸当时什么也没说。

第二天，我请了假跑到爸爸住的旅馆，爸爸说他的腿有点疼，不能去长城了，让我陪他在附近商场逛逛。本来就因为天冷不愿意去长城的我痛快地答应下来，领着父亲去了附近的一家大型商场。

父亲做了一辈子教书匠，一辈子没出过小县城的他那是第一次到首都。在到处唱着“铃儿响叮当”的音乐声里，我带着父亲逛起了商场。我炫耀般地向父亲解说着商场里手扶梯应该怎么站上去比较稳，还夸耀自己总能在商场里买到最划算的打折商品。父亲装作很感兴趣的样子认真听着，不住地点头嗯啊两声表示赞同。

刚上到商场四楼，一身圣诞老人打扮的促销员把我拉到一件白色羽绒服前面，夸张地大声说：“宝贝儿，这件衣服真的非常适合你，相信我的眼光，穿上它你就是最美丽的公主。”爸爸也在一旁点头，说试试吧。或许是因为商场里明亮的灯光，也或许是因为刚才那句话的因素，那件白色的羽绒服穿在我身上后，我感觉自己整个人都变了，镜子里的我蜕去一丝土气和稚气，变得时尚靓丽。爸爸也在身后点头说好看。

可是一看吊牌，1280元！要知道，那时爸爸在讲台上吞一个月粉笔末才赚900多元钱。我在心里非常不淑女地惊呼：这商场真TM黑啊！我脱下衣服转头就走，偶一回头，爸还站在原地捏着吊牌看，我又折回来拉走爸爸。可是走到五楼，爸爸硬是又拉着我折回去，给我买下了那件白色羽绒服。

得到了心爱的衣服，我开心得合不拢嘴。没心没肺的我带着父亲在几个商场里逛到天黑，把自以为新鲜好玩儿的东西都给他讲了一个遍。

后来回家时，妈妈跟我说：“你也真够粗心的，带你爸去长城也不知道照几张照片呢？去一趟，多不容易，去之前你爸就念叨不到长城非好汉……”我惊讶地回头看看老爸，老爸冲我挤挤眉毛，又点点头，我的鼻子一下子就酸了。

时光荏苒，匆匆已十载，每当一年一度的圣诞节到来之前，我总会精心挑选一些礼物送给爸爸妈妈。有人说我追赶时尚过洋节，其实，那只是一个心怀愧疚的女儿对自己年幼无知时挥霍父母之爱的一点弥补。

游过父亲的河

出水的那一刻，仿佛一切世俗的困扰都留在了水平面以下，重新获得自由呼吸的鼻子吸着游泳馆里湿润的空气，感觉分外惬意。每当感觉工作和学习有压力的时候，我都喜欢泡在游泳池里，让温润的池水涤去身上和心灵的疲惫。学会游泳，还得从二十几年前说起。

很小很小的时候，我还没到上学的年龄，一家人住在乡下村子里。妈妈一个人教着村里的幼儿园，有二三十个学生，下课之后她要忙家务，忙全家人的吃喝穿着，还要看书备课，每一天都在忙个不停。而我和弟弟从妈妈的幼儿园放学后，就跑到村头去等爸爸下班。每当遥遥看见爸爸骑着自行车回来的身影时，我和弟弟便开始欢呼雀跃，而爸爸也会猛蹬几下，让车子更快地来到我们面前，一个急刹车，单腿立下，把我和弟弟像小动物一样轻轻一拎，放在车子的前梁和后座上，又一路响着欢快的车铃向村西的减河奔去。

夕阳的余晖里，爸爸丢下车子，一手抱着我，一手抱着弟弟，轻轻踏进缓缓流淌的河水中，在岸边小伙伴们艳羡的眼神里，我和弟弟开心得咯咯直笑。经过一天阳光的爱抚，浅处的河水早已经变得温乎乎，爸爸把我和弟弟轮流着放进水里，让我们学习憋气，从开始触到水就恐惧得哇哇直叫，到后来可以在浅水里游上几个来回。好像没多久，又好像是一整个夏天的训练结果，等到我和弟弟可以在水里自如来往的时候，爸爸和叔叔们就开始到深水处去玩潜水了。各家的孩子坐在岸边看着自己的爸爸在水下可以憋气多久，争论着到底谁的爸爸更厉害些。

仿佛才一转眼，时光便如那缓缓淌过的河水一样过了二十几载，我和弟弟早已长大成人，今年夏天爸爸也退休了，闲聊时说起儿时爸爸教我们游泳的场景，爸爸开心地大笑，笑过之后做了个伸展的动作，只是当爸爸转回身，看到他脸上的皱纹时，我的鼻子没来由的一阵酸涩。

苦涩月饼

八岁之前我们生活在老家的小村子里，日子虽然清苦，却并不寒酸，虽然爸爸一个月的工资仅有八元钱，可妈妈是个节俭的农村女人，她能用八元钱就把里里外外的事打点得平稳妥当。有的时候，我和弟弟还能用上一些小伙伴没有的奢侈品，比如下雨的日子，村里的孩子们都扯一块塑料布披在身上挡雨，而我和弟弟却穿着橘黄色的半透明雨衣和小雨靴走在上学的路上。

妈妈的节俭常常体现在对待自己时，头发长了，她用那种带刀片的小梳子梳几下，就省下了理发钱；我从三岁记事到十二岁，就只见她给自己买过两回衣服，还是两个小表姨出嫁的时候，请她去做伴娘。平常的日子，她总是穿着自己裁制的不合时宜的黑蓝衣裳。

可是即便贫穷，逢年过节的人情应酬她也都打理得妥帖停当。每到中秋节之前，我和弟弟就喜欢站在她的左右，歪着头看她坐在桌前，在纸上写啊画啊，到最后，告诉爸爸一共去买多少斤月饼。

月饼买来了，大红色的亮标签纸下是粉红色的点心纸，圆圆胖胖的月饼们就藏在里面。我和弟弟对着一篮子月饼直咽口水，这月饼现在是不能动的，每天爸爸上班前拿上两包月饼，下班后直接从学校去亲戚家走一趟，回来的时候，书包里的月饼就变成一包了。

那年月，亲戚们都不富有，没人会把月饼全部留下。妈妈计算得非常精确，谁会来送月饼，要给谁家送去月饼，总之等送到最后，家里还会余下一包，这一包月饼会在中秋节的晚上，给我和弟弟两个小馋猫打了牙祭。

可是那年的中秋节，不知道是妈妈的计算出了错，还是亲戚们留的月饼出了错，总之，中秋当天，爸爸从最后一家亲戚家回来时，包里是几个苹果，而不是那包我和弟弟期盼了许久的月饼。

看着我和弟弟瞬间红了的眼眶，爸爸妈妈哄着我们，苹果要比月饼好吃得多！那香喷喷、甜滋滋的月饼，可是已经让人想了一年、念了三百多天的啊，居然就在中秋节这天，被告知没有了，你吃不着了！任性的我当时就哭起来了。

爸爸开始悄声埋怨妈妈小气，买得太少，而妈妈则委屈地回应若不是爸爸挣钱太少，她何苦这么精心算计，以至让孩子们在八月十五都吃不到月饼。起初两人只是小声埋怨，而后嗓门儿越来越高，开始大声骂起彼此。我和弟弟吓得号啕大哭，一人抱着妈妈的一根大腿，拼命喊：“我不要吃月饼了，你们别吵了！”

隔壁的赵大娘闻声来到我家，把爸妈骂了一通，领着我和弟弟去她家拿了两块月饼。那个中秋节的晚上，我就捏着那块月饼不肯吃，坐在炕上兀自委屈着，直到月亮升了老高，才沉沉地睡去……

记忆这东西很坏，往往让你把过去的苦难当成甜蜜来回忆，以前中秋节连月饼都不能尽情吃，可现在却觉得那是多么美好的乡愁。

经年梦亦非

印象里我只看过两次戏，第一次看的是《窦娥冤》，另一次看的还是《窦娥冤》。

第一次看戏是在八九岁的时候，爸爸单位发了两张戏票，于是带我进城看了生平第一场现场版的戏。那是一个外地的河北梆子剧团来表演的《窦娥冤》。到现在我还很清楚地记得，当窦娥含冤死去后化魂入梦的一场，窦娥穿着一身白纱裙飘然入场。可惜的是，由于纱裙有一处接缝没有缝好，她一转圈，可以清楚地看到一个大洞。当别人都在欣赏窦娥优美的身段时，我激动地站起身大声说："爸爸你快看，她的裙子都破了！"引起一片笑声，爸爸赶紧把我按在座位上。

县城的剧院自那次唱过戏不久后就拆了，在原址上建起了一座商场。从那之后我再没有机会看过现场版的戏，每次路过那里，我都会想起第一次看戏时，那个小小的我被窘得脸红红的老爸按在坐椅上的情景。

去年我们家门口的大街立了集，前几天立集周年庆典，镇党委花钱请了一个戏班来助兴，就在我家东边不远处搭了戏棚，连唱七天，十里八村的人都赶来过戏瘾。而我，因为刚刚失恋，情绪低落，不愿出门见人，好几天了，一次也没去过。

这天晚上老妈老爸又怂恿我去看戏，老妈自告奋勇在家替我暖被窝。知道爸妈是为了让我心情好一些，答应着和爸爸一起去了。

走到戏棚，戏已开锣，人满满地坐了一院子，我和爸爸只得站在后面。站稳了一看，居然又是《窦娥冤》。记忆里的那个窦娥长得瘦瘦的，很漂亮的大眼睛，而今天台上的窦娥却是个矮胖子，站得太远，看不清面目，只见她粗壮的腰身扭来拧去。在窦娥化魂的一场戏时我还特意留意了她的纱裙，旧的，却没有破洞，没来由的我感到一阵失落。

散场时，夜已深了，一抬脚，才发现脚早站麻了。回家时，和爸爸一前一后走在路上，猛然间看见爸爸头上被路灯映成橘红色的白发，想起爸爸已经是快六十岁的人了，为了让失意的孩子能够心情好一点，在寒冷的冬夜里陪我站了近三小时，眼泪不由自主地滴答了一路。

腊八节腊八饭

腊八节、腊八饭，腊八粥里八样甜……每当回忆农村的腊月，总能想起当我们还是孩童时，拍着手在村子中间边跑边唱的情景。还在十一月的时候，各家各户就已经在为那顿腊八粥做准备了。

我小的时候，农村还不富裕，爹娘虽然很节俭，可是腊八节这天早晨的粥却是不肯含糊的。那时候的商业不像现在这么发达，超市里各样豆子由着挑拣，你就是只称一两豆子也能实现。可我们那时候，买东西最近的地方是四里地之外的黄家镇集，还是要隔五天才能赶一次集，而集上的小贩绝对不肯按两称来卖，要是选择八样各称上一斤，节俭惯了的大人们又谁也不舍得这么破费。

可是在妈妈们眼里，这事儿还真不难办。十一月底的那个黄家镇集市上，你去瞧吧，几个媳妇一伙儿，挽着手围着米摊挑拣还价，红豆、花生、菱角、黄豆、黍米……凑上那么八样，各自称了，几个人分几份，于是各家腊八那天的锅里就足斤足两地凑够了八样香甜。

娘把米买回家，我和弟弟就开始掰着指头做腊八日的倒数了。照例，不到腊八那天早晨，这些米是绝不会下锅的。

我同龄的伙伴二华，因为她爷爷奶奶都是退休老师，日子过得比较富裕，所以每年刚进腊月她就已经开始喝上腊八粥了。每天中午，都会有一碗腊八粥在等着她回家去吃，而她家里的大人们都吃普通的饭菜。

应该是在五岁那年，我领着弟弟和二华玩，人家吃中午饭了，弟弟却闻着锅里腊八粥的香味不肯离开。二华的父母让她分一点给弟弟，她不肯，大人夺她的碗，她就哭。正在这时，娘去二华家找我和弟弟回家吃饭，看到我们俩盯着二华碗的馋样，羞红着脸把我们扯回家，在我和弟弟的屁股上各自狠狠地“赏”了两巴掌！

可是就在那天晚上，我却和弟弟意外地提前吃上了腊八粥！我们俩早就忘记屁股上还红红的掌印，一边往碗里吹着凉气，一边迫不及待地大口吃着粥。可是妈妈却和下班回来的爸爸一边说着我们中午的糗事，一边哭得稀里哗啦。

物转星移几度秋，爸爸的工资涨了又涨，妈妈的小生意也做得红红火火，日子越来越好，腊八粥也可以随时想吃就做，只是我却无比怀念当年数着手指头等腊八粥的那种期盼。

有一种爱叫陪伴

最近工作不顺利，感觉压力很大，放了两天假，回到家里不愿意讲话也不想出门，赖在床上不肯起来。爸爸看出来了，却不问我，只是有一搭无一搭地跟我聊着小时候的事，问我还记不记得老家邻村黄家镇的古树杨抱槐；问我还记不记得小时候带着弟弟和小伙伴们去赶集，二毛五买一株甜杆儿然后八个人分着吃的事儿。一时说得兴起，我说：“要么我们去给大树照张相吧！”爸爸说：“今天还正巧是赶集的日子呢！”

老爸骑上电动车带着我出发了。一路上他兴致勃勃地跟我讲着他小的时候去赶集，那可纯是为了“赶”集——口袋里一分钱没有，赶到那里逛一圈儿便回来。那时候杨抱槐里的槐树还只有爸爸的胳膊粗细，如今却是一人都搂不过来了。

离黄家镇越来越近了，路上来来往往赶集的人也多起来，爸爸不断停下车子和熟人打招呼。九岁搬家后便不怎么回来的我对他们大多是陌生的，爸爸便指着我给他们介绍：“这是老大。”听着婶子大娘们夸赞着我的相貌，说白，说俊，说哪里长得像妈，说哪里长得像爸，饶是脸皮练得相当厚的我也感觉到一丝羞涩，爸爸却笑眯眯地听着她们的夸赞也不做推辞。

集市仿佛还是记忆中的模样，转了一圈儿，爸爸执意要在集上吃包子，坐在白帆布搭起的棚子下，勉强吃了两个我便放下了筷子。爸爸说：“有一回领你和你弟来赶集，到中午在集市吃包子，一个五岁一个六岁，你两人狼吞虎咽地吃了二十三个包子，老板的眼睛都看直了。”我能想象得出平时特爱面子的老爸当时的囧相，不禁想乐。

走到集市边缘，有一个向南的斜坡岔路，小的时候来赶集，经常看到几个十几岁的男孩儿骑着二八单车，由这个斜坡上欢呼着呼啸而过。妈妈曾说年底如果我仍然考了全校第一名，便也买一辆送我，可是当年搬家转入一所很大的小学，常年第一的我在这所小学里却排不进前十名，单车梦想只得破灭。那时哭天抹泪的痛楚在现今想想根本就不值一提，人生有多少委屈和痛苦在当时看来，绝对是撕心裂肺难以度过的，却在多少年后再想起时，只是嘴角那一抹淡淡的微笑。这么想着，感觉身上背负的沉重包袱也在慢慢卸下。

回来的路上，两旁的梧桐树叶子迎风招摇着，我低着头，鼻子酸酸的，不敢抬头看爸爸满头花白的头发。年近六十岁的父亲，为一时兴起的一句话，载着年近三十岁的女儿，奔波五十多里路，只为缓解她在外拼搏的压力，找回继续努力的自信和勇气。除了父亲，我不知道还有谁能为我这般。

慕斯形状的幸福

有的人认为，幸福是拥有很多的钱；有的人认为，幸福是拥有很多的爱，可是我却觉得，幸福它藏在生活的角落里，出其不意地跳将出来，给你一个意外，一份不期而然的感动。

那是我第一次去陌生的城市参加函授学校举办的考试，没有提前预订宾馆，在上午考完间歇出来寻找住处，我把附近两条街转了一个遍，却发现因为这场考试，附近的宾馆全都人满为患。眼见着中午的休息时间就要过去，我只好回到考场，沮丧的时候，初次见面的一个同学得知情况，不假思索地说："如果不嫌弃，晚上就跟我回家住，我老公出差没回来，我一个人在家。"眼见着寻找宾馆无望，将有可能露宿街头的时候，她的热情和信任让我感到十分温暖。

那年和同事受学校之命，出差去北京做毕业生回访，去探望一些老毕业生的就业环境情况。到北京后探访的第一家单位，八个孩子没一个是我俩教过的学生。看到我们后，他们不停嘴地问着学校的变化和曾经教过他们的老师，仿佛面对的是多年未见的亲人。临别时八个孩子把我和同事送到公交站台，道过别，我们让他们回去，他们燕儿一般飞跑散去。公交车来了，正要上车时，八个孩子又气喘吁吁地跑回来，塞给我们一包橘子，羞涩地笑着用力挥手。

前几天，下班后搭顺风车回老家，刚出单位门时给妈妈打了电话，告诉她今天回家吃晚饭。一小时的车程，不等到家天已黑透。离家尚远时，看见门口仿佛站着一个人影，等从车里下来时，看清门口没人，以为我自己眼花了。拎着东西进了门，妈妈迎过来问着冷暖。小侄女大声告诉我："奶奶可怪了，你没回来前在门口等了半小时了，看见你来了却往屋里跑。"我想起上次回家时责怪妈妈说："你不要站在门口等，像迎什么大人物似的，我朋友都笑话我了。"酸酸感受的，有泪在心里流。

幸福就是这些或酸涩或甜蜜的瞬间，像慕斯一样一抹一抹地丰满着你人生的蛋糕，成为多少年后，让人一想起仍会不由自主地闭上眼睛、嘴角挂满笑容的甜美记忆。

父亲的关注

爸爸的单位订了两份报纸，一份是《长河晨刊》，另一份也是《长河晨刊》。每到课间休息的时候，二十来位老师们都争着先睹为快。那天，我在《市井》版块发表了第一篇文字，打电话告诉爸爸，因为乡镇上的报纸都是隔天才到，爸爸答应第二天好好看看。

第二天下午七点多的时候，手机滴滴一响，收到一条短信："你写的文章我看了，现在你娘正在看，她欣赏不了，说太酸。写得不错，继续努力！"这是第一次收到爸爸发的短信，我回过电话去，妈妈在电话里夸张地说："你爸发这条短信用了四十分钟！有生小牛犊的都生完了！"

从那天起，爸爸也加入了抢看报纸的行列，每当看到我发表一篇，爸爸就发来短信鼓励一番，于是我写得更加动力十足。昨天在饭店，遇到爸爸单位的一个阿姨，她说："你爸爸现在拿到报纸就翻市井版有没有你写的文章，只要一找到，就先拿给我们看，然后再把报纸小心叠好拿回去收藏。当年你爸爸自己在《大众日报》发稿子的时候都没有这么当宝贝过！还有啊，那天送报纸的把两份报纸都漏发了副刊版面，你爸爸自己走到邮局又管人家要……"

突然就想起去年，我在《齐鲁晚报》的读者评说栏目登了几句话，那天拿到报纸后，刚好爸爸的同事们去县里开会，在我家集合等车，爸爸拿了那张报纸给他那些要好的老伙计看，那乐颠颠的样子，仿佛他的女儿写成了什么优秀的大文章一样。

一向没有给爸爸发信息的习惯，可是我今天拿起手机给爸爸发了一条最长的短信："爸爸，我的动力来自你的关注，我还是像小时候一样，努力，很努力地想成为你的骄傲！只要你一直看，我就会一直写下去，并且我向你保证，所有的文章都发表在你第一时间就能看到的报纸上！"

第五辑

一滴既醉女儿红

冬天里的韭菜馍馍

对于吃货来说，幸福日子的变化同样也是与吃有关的。我的童年是在鲁西北一个偏僻的小村庄里度过的，20世纪80年代初的人们，日子还很清苦，可是那些清苦日子里的趣事却是在我们长大成人后都难以忘怀的。

就像我四岁那年的一个冬天，还是梳着羊角辫的迷糊丫头，一天午饭的时候，我突然想吃韭菜馍馍（韭菜包子），这个念头一说出口，年轻的爸爸妈妈就被我的这一想法难住了。年幼时的我特别任性，哭起来就没完没了，可那是连大棚都没有的年月，大冬天的去哪找韭菜啊？爸爸知道，如果不能满足我的这一愿望，这顿饭他和妈妈也是吃不痛快了。爸爸毕竟年龄大，心计来得快，哄骗我说："要么你去你姑姥姥家问问？"

肚子里有馋虫我也就没觉得冷，穿过半个村儿跑到姑姥姥家，一进门儿就扬声儿喊："姑姥姥，你家有韭菜馍馍不？"一句话笑喷了屋里吃饭的大小十几口人。从那后，姑姥姥家的人见了我就打趣地问："你家有韭菜馍馍不？"

没有大棚的年月，冬天里除了白菜就是萝卜咸菜，每年开春后，在田野里见到冒绿的小野菜都想要吞咽口水。

好像是在我上了小学之后，隔壁村率先盖了几个大棚，那时候，上学路过那盖着白塑料布的"怪物"也不知道它的名字，后来有调皮的男生偷偷过去看，才知道那里面种着冬天里见不到的绿叶菜，那菜根本就不在当地卖。

直到几年后大棚普及了，我们才能在冬天吃上平日里吃不上的青菜，而冬天吃到韭菜馍馍也早已经不是什么新鲜事儿。可是，姑姥姥家的人们见到我的时候，仍会打趣我小时候到处去要韭菜馍馍的事情。

改革开放初期的时候，我家的经济条件仍然不是很好，直到十几岁的时候，妈妈开始做些小生意，爸爸的工资也涨了几回，家里的经济条件才开始有了起色，饭桌上也开始换些花样，冬天里吃韭菜馍馍已经见怪不怪。今年爸爸退休了，我和弟弟也早已经长大成人，有了自己的事业和工作，每到家庭聚餐的时候，面对满桌子的美味佳肴，爸爸妈妈也常会感叹当年清苦日子里一块萝卜咸菜一顿饭的时光。

这个女婿不叫妈

在我看来，爸爸可真算不上是个好女婿，自打我记事起，就没听到他管姥爷姥姥叫过一声爸妈，就连拜年的时候也是喊声：“您过年好啊，给您拜年了……”然后被姥姥挽着胳膊，半推半就地坐进里屋席上的正座上去了。

听妈妈说，爸打结婚起就没喊过姥姥一声妈，可让我们纳闷儿的是，姥姥却偏偏特别得意他，人前人后的，一提到她的姑爷我的爸爸，那是一个赞不绝口。我和弟弟回到姥姥家，姥姥千叮万嘱：“你爸有高血压，你们可别惹他生气……你妈脾气大，和你爸吵架的时候，你们说着点你妈……”听得我直纳闷，问：“他俩到底哪个是你亲生的？”姥姥笑骂着小兔崽子，扬手作势要打我。

十五六岁的时候，和弟弟合伙用计逼着爸爸答应过年回姥姥家时要喊姥姥一声妈，爸爸也答应了。然而，大年初三拜年，爸爸憋得脸通红也没喊出那个妈字，从此我们对此事也就不抱什么希望了。

前些日子回家，我说大半年没见到姥姥了，爸爸骑电动车带我去姥姥家。临出发前，爸爸让我去附近的包子店买点灌汤包，买回来后我把包子往车筐里一放就催着爸爸出发。已经骑在车子上的爸爸又下了车子，用车筐里的雨衣细心地把包子裹好。

十几里的路程到了姥姥家，包子拿出来后还是热乎乎的，刚刚吃完饭的姥姥捏出两个，喜滋滋地吃下了。爸爸陪姥姥说着家常，说妈妈小店的生意，说妈妈新镶的牙咬不动花生……

临走的时候，姥姥拿出几个新摘的丝瓜要我们带上，我正要告诉姥姥我家里也种了十来株，结的丝瓜吃不了都需要分给邻居，爸爸却两手接过说："正好晚上再加个清炒丝瓜。"

回来路上，我埋怨爸爸难道不知道家里的丝瓜自己都吃不完？爸爸说："老太太礼数多，如果让我们空手回来，她心里会好几天不得劲儿。"这一刻，我终于懂得这个从来没叫过妈的女婿为什么会让姥姥如此喜爱。

一滴既醉女儿红

父亲醉了，捧着印有我名字的那张报纸一一指给席间的叔叔伯伯们看，夸张地笑着，对叔伯们说："你侄女也发表文章了！"

那是我发的第一篇小稿，父亲自从寻了那张样报来，便宝贝一样秀给家里来来往往的客人看，即使是熟人来买盒烟，爸爸也会拿着那张报纸细细地指给人家："这篇是我女儿写的！"

今天爸爸的老朋友们来家里聚会，爸爸又拿出那张报纸说着那句重复了不知多少遍的话，在叔叔伯伯们的夸赞声中，我羞红了脸，而号称千杯不醉的爸爸却醉红了脸。张叔叔说："看你爸，当年自己的文章登上《大众日报》头条的时候都没有这么兴奋过！"

父亲在单位写了一辈子的文字，我和弟弟却没有一个承袭他的文采，走不写字的道路，弟弟从了商，倒也生活得如意。而我拼却职场多年，却仍然做着从一个城市漂泊到另一个城市的过客，除了让父母增添牵挂，再不能给他们其他。不承想，无心的一篇文字发表在报纸副刊上，却给父亲带来这么大的惊喜。

这些年来，每当我一路走得跌宕，父亲的安慰也会及时到来，撑起我并不坚强的信念，可父亲从不给我更多的关注，总是任着我的性子随我一路倔强地前行。一度我以为，是弟弟的成就淡漠了我在父亲心里的位置，可今天，醉意阑珊的父亲却让我感动得几欲泪下。

听说，生下女儿的时候，要精挑细选一罐佳酿深埋地下，在女儿成人时取出，就是所谓的女儿红。我们老家亦有这样的习俗，写着我名字的那罐女儿红尚在地下深埋，可父亲却因为女儿的一篇文字深深醉了。

幸福的榜样

那时，爸爸是一所乡村中学最帅气的语文老师，妈妈是十里八村屈指可数的美丽姑娘，他们刚刚结婚，还没有我。显然，爸爸很爱妈妈，也想在他心爱的小妻子面前炫耀一下自己的才华，于是，他邀妈妈去听一回他的课。妈妈答应了，却羞于坐到学生们中间去，只是答应在教室的后窗外站着听。

那天，爸爸讲的是欧阳修的《醉翁亭记》。也许是因为窗外站了爱妻，那堂课爸爸讲得流光溢彩，就连板书都显得格外苍劲。讲台下的学生和站在窗外的妈妈一样，沉浸在爸爸描述的溪水深、鱼儿肥，太守宾朋醉庐陵的描述中。一堂课结束时，爸爸饱含爱意地望了一眼后窗，学生们齐刷刷回头，窗外挂满金灿灿杏子的树下，站着他们笑微微的师娘。

这段往事，不是爸爸讲给我的，也不是妈妈讲给我的，而是爸爸当年的一个学生在前不久讲给我听的。最后他无限感慨地说："那天，我们几个男生看着金灿灿的夕阳下，身穿中山装的老师骑单车载着师娘悠悠离去的背影，在心里冉冉升起了一个绮丽的梦想，那就是，做一个像你父亲一样优秀的教师，然后，娶一个像师娘一样美丽的姑娘。"

书非买不能读

常听人讲，书非借不能读。

在我看来，确实如此，自己的书，捧在手，总觉得已经属于自己，什么时候读都一样。拉拉杂杂的，一本书可能要等许久才能看完，也有的时候，自己尚未看，便有朋友来借，这一借出，有可能辗转几家，失了踪影。而借来的书，因为有个还书期限在那里等着，一睁眼便想着要赶紧看完还了人家，书里面的经典语句、词字反复在脑子里刻画着，唯恐还掉书后再也找不到那句喜欢的话。

可是我的亲娘她老人家，却破了一这古语。

随着上了年纪，妈开始日渐啰唆，唠叨来唠叨去尽是些让自己烦闷的事儿，爸说："你妈是第二次更年期综合征。"为了给她解闷，爸爸让她看电视，她嫌乱；老爸把藏书拿出来给她看，她亦是翻翻就放到一边。我也拿了不少书回家，有些是朋友送的，有些是我读过之后的。隔了些时日，老爸偷偷发短信给我：那些书，你妈没看！

隔了段时间回家，发现那些书规规矩矩地摆在桌上，很明显，一本也没读过。

看来，让老妈读书，我得“痛下血本”了！

这天回家，拿出我买给她的书，两本精装版卡耐基的《美好的人生》和《快乐的人生》。妈先是瞄了一眼，问了一句：“又从网上买折扣书了？”我告诉她，一本39块，打车去书店来回车费50块，共计128元。显然，这高成本买回的书让妈心痛了，她摸摸这本，看看那本，最后，放在了床上，我想，这两本她也是不肯读的了。

又是一个月过去，再次回到家，惊喜地发现，那本放在床头的《美好的人生》倒扣着，已经翻阅了大半，拿起来看看前面的，还有精彩部分用笔画出的痕迹。我窃喜，对老爸笑说：“看来书对有些人来说，是非买不能读啊！”老爸会意，颔首认同。

嘿！那娃！

那年妈妈去了趟医院，回来的时候带回一个只会闭着眼睛睡，醒了就吱哇着哭的黑小子。哭就哭吧，还长那么丑，丑就丑吧，额上还横了七八九条我数不清的皱纹。妈妈躺在床上，他那么近地依着妈妈，我心里气得不行，那是我的床，那是我的地盘，他居然那么心安理得地吃着我妈妈的奶，还在我的床上拉尿。

奶奶颠着小脚跑来跑去，脸上乐出一团团的菊花。爸爸抱起我，指着床上的小东西说：“你当姐姐了，看弟弟！”我嘴里喊着臭，扭过脸不去看他。

为了表示抗议他的到来，我嘟着嘴好几天，可很快我就发现根本没人关注我的情绪。我尝试着贴近一点去观察他，发现除了偶尔的大哭比较讨人厌烦，其他时间他还是挺乖的。慢慢地我开始喜欢这个小弟弟了。后来，他会睁眼睛了，知道看着我了，再后来，还会笑了。

我趴在他旁边点着他的腮，他一转头就叼上我的手指，起劲地吮着。他肯定是饿了，我掏出妈妈煮给我的鸡蛋，剥开，把不爱吃的蛋黄一掰两半放进他的嘴里。他的小嘴儿动呀动的，像个没牙的老太太。没过多一会儿我就发觉好像有点不对劲，他咧着嘴像是想哭，小脸儿憋得通红。妈被我从外面叫进来后又是给他抠嘴又是灌水地忙了好一阵，最后还把我好一通训。从那儿，我再也不敢偷偷喂他东西吃了。

慢慢地，他长大了，会跟我抢东西吃了。为这，爸爸妈妈准备吃的东西都是两样，还要相差不多的大小。我眼拙，常常是拿着比较了半天也看不出哪个更大。这小子眼尖，两个苹果，他拿眼一搭就能看出哪个稍大些。可我小心眼儿比他多些，专等着他先挑，他伸手一指，我要那个！我抢在他前面飞快地伸手把他指的那个抓起来咬上一口，然后看他哇哇哭着去找妈妈。

好像就是一转眼的事儿，曾经跟在屁股后面哭着喊着要穿我裙子的臭小子长成了一米八几的大小伙子，站在我面前，高了多半个头。一直豪横了这么多年的我，感觉一下子就失去了当姐的威风。

有段时间感觉记忆力衰退得厉害，无意中在空间里说了一次。那天一下班，就接到弟弟电话，让我去单位门口等他。随着下班的人流走出大门，一眼就看到骑在摩托车上单脚着地的弟弟。他被风吹得脸红红的，看到我，塞到我怀里一包东西，很开心地说：“这是我托同学寄来的天山核桃，每天吃几个，长脑筋，很管用的！快回去，外面风太大了！”然后骑上摩托车绕了个圈汇入下班的人流中，橘红色的尾灯一闪一闪远去，很快便和别人的车灯分辨不清了。

亲人，别老去

伯父不疼我。

四岁那年，奶奶七十五岁大寿，像我这样的小豆丁是断然没有上桌儿的机会。我看着桌上的肉丸子馋得直吞口水，悄悄绕过人们，来到奶奶身后，悄声说："奶奶，给我个丸子。"坐在首席的奶奶只顾应酬桌上的敬酒，没有听到我的话，于是我委屈得大了声说："我要吃丸子。"坐在奶奶侧面的伯父起身拎着我的脖子像捏小猫小狗样把我丢到了院子里。自我记事以来，伯父都是以这样凶狠无比的样子出现。

五岁那年打预防针，伯父作为村里唯一的赤脚医生给二十几个孩子扎针，独独给我扎坏了，一整个夏天，右臂上驮着一个大大的浓包。后来，不小心弄破了，流出好多浓水和血水，到现在还留着一个醒目的疤痕，我认定那是伯父不喜欢我故意扎坏的。

七岁和爸爸妈妈搬到镇上，离老家仅有十几里地。每次爸爸妈妈回家我总找出很多借口不肯回去。后来奶奶去世了，我更是几年都不肯回去一次，偶尔听村里来的人提起伯父，说他现在怎么怎么老了，脾气也不那么坏了，我都觉得那是在说别人。

去年初夏，姑姑开车来叫我们一起去给奶奶上坟，我抱着小侄跟着一起去了。推开院门，伯父坐在落了一地嫩黄枣花的院子里喝茶，还像以前一样，坐得稳稳的，等我们走近了，才淡淡地道了一声："来了？"可是那脸上意外地挂着满满的笑意。我已经几年没有见过他了，这才发现他老得很明显了。伯母拿来些马扎给我们坐下，我把不满一周岁的小侄放在地上，小家伙东摇西晃地跑向伯父，站在离他不远的地方歪着头看。伯父嘿嘿笑着问我："他让我抱吗？"我点点头。他伸出手笨拙地拍拍，小侄咯咯笑着扑进他怀里。伯父拿起桌上的吃食一样样地问，这个要不要？小侄一个劲地摇头，只是好奇地一下下揪他脸上花白的胡子。伯父对他说："你爸爸小时候什么都爱吃。"然后又转过来对我说："这些哪个能给他吃啊？"竟是一脸讨好的表情。我没来由的心里一阵酸涩，伯父真的老了，脾气居然这么好了，可是我却无比怀念他拎着我健步如飞时的样子。

我不做老师好多年

我不喜欢回头这个词，可是我却常常怀念过去的时光。过去的日子虽然有挫折、泪水，亦有阳光与欢笑。日子是在奋斗中流逝的，没荒废、没虚度，每一天都饱满得像一粒灿烂的向日葵种子，每每回望，心里满是欣慰。

2001年夏天，一个短发丫头激动万分地冲进县城狂揽了一堆西装衬衫——只是因为，她毕业了，她要当老师了！可是当她穿着一本正经的西装走进那所乡村小学报到的时候，才发现自己的西装在随意装束的老师们面前是多么可笑。

或许爸爸说得对：教书，学生成绩是你的脸，你穿得再像老师，教出一堆废物那你也不是老师。

那是年轻时的我啊！19岁的我，那么期盼自己成熟再成熟一点的我。

记得闹过的最大笑话，天天穿着黑色西装的我被邮差问："老师您今年有26岁吧？"

那年我只有19岁啊！我糊弄人家孩子说："我今年32岁了！"邮差一脸的恭维："老师您长得真少相，一点儿都不像。"

十年荏苒，现在的我离32岁好像还有好几年呢。

教了两年小学之后是中小学一块教，再后来只教中学。那时候我一周最多的时候有36节课，平均是一天上6节课，最多的时候一学期同时带了13个班。

彭老师的学生也极其争气，记得2002年省教育系统举办了一个学生电子技术应用比赛，我的学生们一举包揽了19个奖项回来。那阵子，彭老师得瑟得很。

19岁到24岁，五年，当抱着行李从学校离开的时候，我只感觉太轻松了，从此再也不用玩儿命地备课了，从此再也不用想方设法引导那些调皮孩子乖乖听课了，再也不用喝着胖大海哑着嗓子讲课了。

可是我没想到的是，我居然会怀念学校，以至刚刚离开家乡乍到外地的时候，夜夜梦里都是学校的事。梦见讲了一半课电脑突然黑屏了，梦到我拿书本把初三的调皮孩子打哭了，梦到上课铃已经响了我却进错了教室……

离开学校已经好几载，也常有在路上、在车上偶遇当年学生的时候，每当听到已经长大成年的学生们惊喜地喊出一声彭老师时，心里的激动难以言喻。上周回老家，又路遇一个学生，教他的时候他读初三年级，如今小伙子大学毕业带着媳妇满街逛呢！彭老师心里的成就感与自豪啊，以660%的速度上升！

穿越时光的激动

在人生长河里游历，闲暇时，捞起那颗硕大的时光珠子，举在眼前，凝望，一幕幕往事就像电影里的片段，剪辑了，在这珠子里珍藏着。

时光珠子的画面在流动。这一幅是在二十多年前，清冷且有雾的早晨，一个稚气女孩儿站在天安门前的画面，我用手指轻轻触碰珠子，点中的那副场景便穿越时空，像水一般流淌出来。

童年的我体弱多病，父亲带我奔波各地四处求访名医，终于在七岁那年，打听到北京解放军医院有一位极有名气的老教授，投奔了过去。经过历时一年的诊治，病情终于有了转机，一家人如释重负。临近离开北京时，父亲的脸色在医生越来越肯定的答复里一点点增添了喜气，也有了带我逛北京城的心情，于是便有了我生平第一次站在天安门前看升旗的经历。

天色蒙蒙时父亲就带着我赶到了天安门广场，时间尚早，广场上却已经站了很多翘首期待的人。太阳还躲在窝儿里睡着懒觉，四周迷漫着些许雾气，这并不是一个适合看升旗的日子，可第一次来到天安门前的我，自打站在恢宏广场上的那一刻起，心情已经激动得无以复加。

我小跑着奔向人民英雄纪念碑，又转身跑到天安门前的金水桥上，站在那儿，抚着桥上的石雕，回首向落在后面的父亲招手，激动地只会喊一句话："爸爸，看啊……爸爸，看啊……"父亲担心着我刚刚医治好的小心脏，一面跟在后面跑，一面喊："慢点跑……不要跳……"

当扛着国旗的战士迈着有力的步子走出故宫大门，七岁的我在这份庄严的威慑下规矩了自己的脚步，站在等待看升旗的人群前面，望着那一片绿色扛着钢枪迈着正步铿锵走近。他们脚步落地的声音在广场和我的心上荡出巨大的回响！随着这有力的声音，那个小小的人儿便不由自主地绷直了背、挺直了腰、捏起了拳。

嘹亮的国歌声在广场上响起，升旗战士那握着国旗一角迎风一挥的雄姿看呆了七岁的我。人们低声地唱起国歌，而我痴痴地望着鲜红的国旗缓缓升起，在杆顶迎风猎猎。

那一刻幼小的我被这壮观场面深深震撼了心灵。父亲曾经给我讲过的英雄故事在这一瞬间全部涌现眼前，闪着光和着我的血液在血管里流淌，冲向心脏，冲向头顶，一股无法言喻的力量使我对着碧蓝天空那一抹耀眼的红色伸出右手，像自由女神那样，极力伸张着。

升旗仪式结束，人群渐渐散去，父亲过来拉我，惊诧地看见我不由自主挂满腮旁的泪水，慌忙拉过我的手，抚着我手腕上的脉搏，以为我的身体又出现了状况。当我哽噎着对父亲说："爸爸，升旗……"父亲才反应过来，我是被升旗的仪式激动成这样的，又好气又好笑地给我擦去脸上的泪水。

烟波浩瀚的时空，日月星辉不变，微小如尘埃的我在渐渐长大。拨动时光珠子，里面收纳了十多次我成年后在天安门前看升旗的场景，却再也找不到七岁那年看升旗时的那种震颤与激动。

今天是你的生日我的中国

每个人都会有一份属于自己的国庆记忆，我最早的国庆节记忆是一首歌：今天是你的生日我的中国，清晨我放飞一群白鸽，为你衔来一枚橄榄叶，鸽子在崇山峻岭飞过……

当柔美的旋律缓缓响起，我和一群穿着白衫短裙的同学轻快地跑上舞台，和着音乐舞动起来。那时候我们年幼，不知道国庆的意义，单纯地为了跳舞、为了表演节目后领到的奖品而快乐。即使那奖品只是一支廉价的圆珠笔，我们依然非常认真地排练。每一个下午的最后一节课，在同学们羡慕的眼光里，我们几个人相拥着到学校的小礼堂里排练舞蹈，跳累了，抹一把额前津津的汗水，听老师说："一定要好好练，你们的舞蹈是为国庆献礼。"虽然对国庆的意义似懂非懂，心底却油然升起一股自豪之情。

时间过得飞快，我们长大了，生活一年年发生着翻天覆地的变化，日子越来越富裕，生活水准也越来越高，而国庆节的长假更是成了热爱旅游的人们最爱的节日，秋高气爽时，趁着长假一家人出门游走，看祖国大好河山，看四处无限美景。每当这时候，畅行在美好景色里的我们，听那些前来旅游的外国友人一边赞美着秀丽风景，一边赞叹着中国的繁荣昌盛，我的心里为伟大的祖国无比骄傲。

去年这个时候，日报社组织了一次唱红歌迎国庆比赛，看到比赛通知，年幼时参加国庆文艺会演的情景又涌上心头。我带着对祖国母亲深深的祝愿参加了唱红歌比赛。当站在台上时，我仿佛又回到年少时光，记忆里的场景和眼前的场景不断在我眼前穿梭。在祖国母亲生日的时候，除去重温了一回少年时的欢乐与骄傲，这一次参加比赛得到的奖品也比当年的纪念品昂贵了不止千倍。

今年党的十八大召开之际，正值国庆63周年，相比去年，我的一切又有了更多的进步。在祖国母亲生日到来之际，衷心祝愿祖国富强、人民安康。就让我们一起再次唱起那首歌吧：今天是你的生日我的中国……

爱在西班牙

寒天催日短，冬日的夜幕总是来临得早些。行走在路上的车辆打开了车头灯，映照着路面上一汪汪的水洼。借着身后车灯的光亮，我绕过一个又一个的小水洼。

才11月的半头里，就已经感受到了冬的凶悍，一出门，天上还一阵紧似一阵地洒下这冬日里不多见的细雨，更是增添了几分寒气。真冷，紧一紧围巾，骑上车冲进雨里，穿梭在车流人流里面，奔向回家的路。

远远已经可以看见小区的钟鼓楼，想着位于巴塞罗纳住宅楼的家里触手可及的温暖，想着可以脱掉鞋子赤脚踩在暖烘烘的地板和炉火正旺的壁炉，被冻得紧绷的肩膀稍稍松弛了下来，已经可以遥遥看到“西班牙小城”几个大字了。我紧踩几下车子，向着家的方向驶去。

身后一辆汽车急驰而过，把正在走神的我惊得车把一歪，骑进了路旁的绿化带里。下车子回一下神儿，再上去，发现不对劲，原来车胎不知道被什么尖锐的东西扎破了。看看瘪瘪的车胎，我摇摇头，只好推着车子前行。

寒风把雨衣掀起，一阵紧一阵的冷雨浇在头上、身上，顺着头发淌进脖子里。我嘶了口气，好冷！推着车子紧跑几步进了小区的大门，刚好遇到小区保安大叔，隔了老远他就问：“怎么推着车子跑回来了？”我抹了一把雨：“车胎扎了，这么冷的天，真是的，修车店还关着门！”挥了挥手我推着车子往家跑，刚跑两步又听到他在后面喊：“你明天还上不上班？要不你把车子放这里吧，待会我帮你拿去修。放心，误不了你明天上班！”

听了他的话，我像遇到了救星般把车子交到他手上，道了几声谢谢匆匆跑回家。妈妈递过来一条大毛巾，我边擦着身上的水，边和妈妈说着刚才的事。妈妈说：“物业的这几位同志可真是不错！前天出门买菜的时候，把手机和钥匙落屋里了，回来进不来门，还是他们帮我打电话找了开锁的，又跑前跑后地看着门打开了才走。”

晚饭的时候，家里门铃电话响，接起，是那个保安大叔：“你好，是三楼东户的姑娘吧，车子修好了，你明天上班时从门卫骑着就行了！”我激动得只会说谢谢，谢谢了。大叔却在电话里调皮地说：“别客气，这是俺们豪门人应该做的！”

挂掉电话，走到窗前，擦掉玻璃上的一团水汽，隔着塔霍湖望着小区里的万家灯火，隆冬到来时，百花即已绝，然而有爱温暖，这个冬天的西班牙小城，必定不冷。

第六辑

『小清新』大幸福

夜风清凉

又是一个闷热的夏夜，独自在办公室加班到了九点，出来大厅，更是感觉闷热异常，莫名地感到一丝烦躁。

推上自行车，走到大门口，远远看见门卫的对面站了两个学生，隔了还有一段距离，就遥遥地对我说："老师，天晚了，路上注意安全。"这句问候顿时如一缕清风抚去了我多时的烦闷。我点头答应着，一时竟没想到要回复两个孩子几句什么。骑着车子走在回家的路上，路灯下合欢摇曳，我居然不感觉那么闷热了。

我以为，那只是两个学生赶巧了在门口，随口送上的问候。可是第二天，恰逢我值夜班，晚上八点半下了夜班回家时，又看两个学生站在大门口送上同样的问候。看他们穿着相同的校服，只是不知道是不是昨天那两个学生。我对他们道了谢谢，让他们早点回宿舍休息。两个孩子像是受到了鼓舞一般，争着又跟我说："老师过马路时要停下来好好看看哦！"

我再一次带着感动踏上回家的夜路。

我以为这些学生是学校安排这样做的。这天和政教处的一个老师聊天，我夸赞他们的做法，才知道，这是机械学院某班学生自发的行为。他们觉着老师们晚上加班很辛苦，而晚上回家的路又很孤独，所以每晚下夜班的时候，为迟归的老师们送上他们的关心和问候。

听到这里，我再一次被这些孩子感动。当人们都在抱怨90后的孩子不懂感恩，不知回报的时候，这些孩子却在默默地用自己的行动感动着我们。我们是不是应该给他们少一点苛求，多一点欣赏和宽容呢？

扯着幸福的尾巴奔跑

常常在想，我们来到这个世界上，追求什么才是最重要的？是权利吗？是金钱吗？是别人羡慕的工作抑或是像大S那样高调的豪门婚姻？朋友们闲聊时，人人都觉得自己有那么多的不如意，总是在互相倾诉着生活里的苦恼。

已婚女友小米，是朋友圈里公认的幸福女人，父母德高望重，嫁了个老公帅气多金，谈到幸福，她却不屑地说："我现在天天和老公孩子的四季衣物、一日三餐打交道，穿梭在家、菜市场与幼儿园之间，满脑子充斥着鸡蛋、酱油、盐！幸福这词儿我早已经忘了怎么写！"好吧，既然忙碌的家庭主妇没时间考虑幸福不幸福，那么刚毕业的大学生朋友们呢？没有家庭的累赘，没有家务的烦恼，总应该是快乐的吧？小妹阿茉，毕业进了事业单位，穿雅尼拉、用欧莱雅，手里拿着最新款的iPhone5，看上去春风得意。问她，她用咆哮体回应我："我幸福？去他大爷的幸福！"

是啊，即使在别人眼里风光无限，忙碌的工作、生活和背负的压力却让人们内心找不到灵魂的舒适感，这样的生活当然不会幸福。

有段时间，我从事一份薪水不错的工作，可当我付出很大精力，却发现工作的成果离我的预期总是相差很大距离，于是我让自己更加努力，每天工作在12小时左右，这样度过了5个月之久，不仅工作依然毫无起色，就连自己也在这份忙碌里变得烦躁不安，时常惊问自己，人生的意义在哪里？

有一次回家，恰遇邻居二大爷骑电动三轮带着老伴出村去，远远地，二大妈就高兴地招呼我，城里来了唱戏的，两人这是要进城看戏。旁边三奶奶道：“不在家拾掇着却跑去看戏，不过日子的俩老东西！”二大爷也不恼，笑说：“拼命干活图个啥呀？不就是图能过上天天欢喜的好日子吗？看戏一样也能让我欢喜！”二老幸福地哼着小调优哉离去。

心中有所触动，终于下定决心辞去那份在别人眼里看来薪水高、发展前景好的工作。如今，徜徉在自己专业里，才发现，从事自己喜欢的工作是一件多么轻松和快乐的事情。

人们不开心，通常因为我们把物质与财富，放在了快乐的意义之上。在追求有意义而又快乐的目标时，我们不再是消磨光阴，而是在让时间闪闪发光。

一滴奢华 三分想念

爸爸是老幺，我出生的时候奶奶已经七十岁了，在我朦胧的童年记忆里，这个小脚老太太最爱喝两盅。

每当吃饭的时候，奶奶拿着酒壶轻轻斟酒的动作在我的眼里是那么自然唯美，右手提着长颈酒壶，左手挡一下宽大的蓝衫衣袖，手一倾，一道清流入杯，奶奶放下酒壶端杯，一抿嘴，半杯酒下肚，她那已经长满皱纹的脸上顿时飞起一朵红云。

奶奶只喝一种酒，而那个酒在我们这里是买不到的，每年的仲秋和过年时，奶奶远在济南的侄儿来拜访她，总会带来几瓶奶奶爱喝的那种酒。表伯走时，奶奶什么都不留，唯独那几瓶酒全都留下。表伯一走，奶奶就把这些酒收藏到橱顶，留着以后慢慢喝，她对那酒宝贝的样子，让最受宠爱的堂哥都吃醋。

年幼的我们看见奶奶喝得那么津津有味，总想着要偷一点尝尝，看看奶奶那么爱喝的这个东西到底是怎么个香甜。虽然奶奶把酒藏到橱子最高的那一层，可是儿童的好奇心来了，是什么也挡不住的。在我六七岁的某一天午后，趁着奶奶休息，我和堂哥偷了奶奶的酒，迫不及待地灌了两大口，霎时，一股带着辣味的热浪自胃中荡起，没多会儿我就晕了头，脸热得发烫，看东西也模糊不清。我以为自己要死了，一摇三晃地走到奶奶屋里，“哇”的一声大哭起来，哭着哭着就睡着了。

醒了后我问奶奶，既然酒这么难喝，为什么她还这么喜欢呢？奶奶摸着我的头，没回答我。

每年爷爷祭日的那天，奶奶就会把不舍得让任何人动的酒拿出来，斟上满满的一酒壶，自己坐在院子里，喝一杯，倒一杯，对着院子里满树槐花喃喃自语，常常说着说着就落下泪来。

每年这个时候，年幼的我看着奶奶喝酒落泪都百思不得其解，当我真正长大成人了解真相的时候，奶奶已经去世多年。原来爷爷在世的时候最爱喝这种酒，爷爷过世后，从不喝酒的奶奶开始迷恋上它的味道。

一杯浓酒两行泪，一肩担尽相思愁。那时候年幼的我们都以为奶奶贪杯，却原来，她只是借着爷爷生前最爱的酒缅怀着在另一个世界里的亲人。

一曲奉献感动中国

妈妈看着电视突然哭了，说：“这人真傻。”于是我凑到电视前，原来是个小型纪录片，跟着妈妈一起看起来，看着看着，我也哭了，这人，真傻！

纪录片里，一个老人背着个袋子在大街上捡果核，然后把捡来的果核背到他承包的荒山上一一种下。他衣着朴素，如同农村里常年种地的爷爷；他神态自然，捡起行人丢弃在街上的果核，甚至是别人刚从嘴里吐出的果核，也会宝贝一样装进袋子里。他说：“从外面买的果核不易生长，我捡的全是土生土长的本地果核，种下后不会水土不服。”开始的时候，有认识他的人路过他身边，惶恐地拉住他，不让他做这丢人现眼的事儿，因为他退休前的职务是地委书记。可他却说：“我曾答应乡亲们，退休以后帮他们办一两件有益的事，许下的承诺要兑现。”

退休的时候他六十岁，从那年起，一个开拓荒山种植树木的背影在这山上行走了二十二年。山上有一个简陋的小木棚，搭起的木桩床上铺着龙须草，在山上的时候，那就是他的寝室。二十年光阴荏苒，荒山换绿颜，到处郁郁葱葱、花团锦簇、桃香李鲜，该是他享有这一切丰硕成果的时候了。有人给他做了资产评估，这座林场价值三个亿！有人羡慕，有人佩服，可是，纪录片里的白发消瘦老人干瘪着嘴唇说：“我不为钱。”他手一挥，把这价值三亿的林场管理权无偿捐赠给了国家，引起一片哗然。这个傻老头啊，无偿赠送，那这二十年的付出你到底图个啥呢？他说：“奉献。”

政府为了表彰他，奖励给他二十万元奖金，他却一转手把其中的十六万元捐给某中学。如果他的家稍微像点样子，那么这奖金的捐献我会认为他用不到这钱，可是那破旧的院落让人怎么也无法想象，这里住的人曾经是个地委书记。他的老伴儿，一个同样瘦弱的老太太，面对记者的镜头，轻轻地说：“他实在啊。”顿了顿又说，“我喜欢他实在。”

他的一生，有三十载为官，可是他的三个女儿却还生活在农村。他的大女儿靠编篮子、粪筐卖钱生活。那个朴实的中年妇女被记者问道有没有向父亲提过安排工作的要求，她说：“没有，知道提也不管用。”其实，早在1978年的时候，按照有关文件规定除了他大女儿外，其他都符合进城的条件，而当组织部门写报告上去时，却被他要求撤销了。想起看过的一些报道，那些为子女特意设定招考标准的父母官，作为一个父亲太不合格！再看那些张牙舞爪炫富、拼爹的官二代，他的女儿也傻！

这位傻到让人落泪的老人，他活着的时候，我不认识他，他去世后，我才从电视节目里知道了他。他不仅感动了我和家人，还感动了全中国！这位老人就是2011年度感动中国人物之一的杨善洲。他走了，身后留下5.6万亩绿荫和大公无私的奉献精神，涤荡着十六亿华夏儿女的灵魂！

红旗飘飘

在外打工多年的六子回家了，六子娘穿着六子在城市买回来的新衣裳，从村东头他姑奶家串到村西头他三婶子家，在大家一片夸赞声中心满意足地回家，在灶上给六子烹出一锅炒鸡的香味。

六子边吃边跟他娘说："俺们放的是国庆节的假。"六子娘说："嗯，国庆真好。"

六子说："国庆节城里都在门儿上挂红旗。"六子娘抚着新衣裳就又说："嗯，城里真好。"

六子又说："咱也在门儿上挂上红旗吧？"六子娘说："不挂，咱不是城里。村里都不挂，咱家挂了，叫人家说出妖蛾子。"

六子就去游说村里人。先去了二大爷家，二大爷是村长，觉悟高，当下就跟着六子拍腿，说好主意，挂红旗，家家都挂。六子试探着说："那村里出钱给各家买一面红旗？"二大爷就不说话了，抚着刚拍过的大腿，撮着牙嘶冷气儿，好像刚才拍的大腿现在才觉得疼。抚了半天，二大爷就抚出一句话来，村支部没钱。

六子就又去姑奶奶家三婶子家串门儿，姑奶奶三婶子接着六子提来的城市的“鲜货”，笑得像朵菊花。可听六子说让她们各家买红旗，就为了国庆节那天挂门儿上，都收了笑，说：“就挂那么一天，浪费那个钱呢！咱又不是城里人。”

又走了几家，都得了差不多的这几句话。

六子就不再串门儿了，天天上村西头树林子里捡拾树枝，捡直溜的，在村民们不解的眼神里，一捆捆抱回家。

秋风乍凉，地里的棉花吐着肥嘟嘟的白棉絮，又是一个丰收年！国庆节的清晨，勤快的三婶子最先出门下地，随后就是惊喜地哎呀一声，门口挂了一面鲜艳的红旗！邻居家门口也挂了一面！她往巷子口紧走几步，整条街上都挂了红旗，风一吹，飘飘荡荡，满街红色，分外喜庆！

人们三三两两地从家里出来，看着各自家门口的红旗，带着疑问欢笑着，是呀，这是谁给全村挂满了红旗呢？二大爷说：“一定是六子。”姑奶奶和三婶子点着头，大家就喊，六子人呢？六子去哪了呢？

六子这会儿在家里的炕上睡得正香呢！他进城买回了一百多面红旗，用捡回的树枝做杆，在国庆节前一天晚上，趁着夜色挂遍了全村！

炕上的六子一脸的甜蜜笑容，梦中他的村子也像城市一样，到处都是迎风招展的红旗！

让人流泪的梦想

他，爱人离世，从此，思念是他孤寂余生里的主题；

他，身患癌症，从医生口中得知这一消息时的震惊让老人当场痛哭流涕，可泪流之后，他仍要选择坚强面对，告诉自己，活下去。

还有三位，他们也都患有不同的疾病。他们握紧的手掌，攥着一把五颜六色的药片，每吃下去一把药片，都是为了要活得更长。

他们，平均年龄81岁，这个世界上，有很多的老人和他们一样，承受着病痛的折磨，承受着亲人、好友离去的痛苦和打击。

他们，走过人生风雨之路，在风烛残年里相聚在一起，对着爱人、好友昔日的照片，默默地在心里流淌着以往日子的记忆。

他们，都曾经是照片里的年轻机车帅仔和漂亮女孩，抚着照片，仿佛还能够听得到那清脆的欢笑声和着海浪拍击在石头上，一遍遍回荡在心里，冲刷着进入耄耋之年老人们的记忆底片。青春、机车、少年、欢笑突然从照片中一跃而已，成为老人蓦然间的力量，豪迈地喊出的那一句："去骑摩托车吧！"

环岛13天，1139公里，五位八旬老人，用年迈的身躯缔造了一个奇迹。

从打开车库推出尘封已久的机车的那一刻起，老人们拔掉输液管，扔掉药片，忍受着退化性关节炎痛苦的折磨，在跑步机上挥汗如雨地锻炼，到出发后骑着摩托车在两旁种满亚热带风情植物的公路上飞驰、在公路旁席地而坐的简单午餐、五双瘦弱的手臂吃力地架着摩托车，扳着螺丝一齐动手更换坏掉的机车前轮，当梦想成功实现的时候，五位老人站在海边的沙滩上，对着初升的太阳，把离去的伙伴和爱人的照片高高举起。这一幕幕场景让我的眼泪在脸上汩汩流成了小溪。

走出校园多年，在人生道路上世俗地蹒跚着，青葱岁月里曾经有过的梦想在一点点消退。每当遇到挫折，就用那句"梦想就是用来破灭的"安慰着自己，随遇而安地过了很长一段时间没有激情、淡漠理想的生活，自以为是地辩驳着别人的激励话语。而视频最后的那句：人为什么活着？却犹如当头棒喝惊醒了我。耄耋老人都可以为了梦想去拼搏一回，我们还敢、还能够仅仅为了活着而虚度青春吗？

一朵花的眼泪

天真热，怪不得人们总形容说七月流火，这才上午，就已经热得我没精打采直想睡觉。

太阳光真刺眼，害得我都不敢抬头看它。幸好，我的旁边就是一株大杨树，长满了巴掌般叶子的树冠在我头上撑起大大的绿伞，为我遮起一片荫凉。

那个老人蹒跚着自西边儿慢慢走过来，把拐杖丢在一旁，哆嗦着坐在我的身边。说是拐杖，实际上那只不过是一根小孩儿胳膊粗细的棍子。他把身后的布袋转到胸前，从里面掏出一个大大的塑料瓶子，喝了一气水，粗重地喘息着。

我认识这个老人，他的家就在西边五里外的一个村子，当然，这些是我听过路人说的。哦，忘记说了，我只是路旁的一株野菊花，从春天发芽的那一天起，我就生长在这里，这条乡间小径每天来来往往的人并不多，老人是每天风雨无阻都会走过的一个。

我知道老人来自哪里，我也知道老人要去往何处，当然，这些都是从人们的对话里听到的。那天有两个人和老人走了个照面儿，向老人打招呼说："何叔又去县城啊？"老人答应着："是咧，去城里看看新鲜。"老人走远了，两个人才又说："何叔真不容易，一个人把两个儿子拉扯大了，如今孙子都十七八岁了，俩儿子却没有一个肯养老的，天天自己走路去县城讨饭。"另一个说："是真够苦的，我在县城看到过好几回他在沿街讨要，我都躲开了。只是他为什么要天天走这么远的路去县城里讨饭呢？在附近去哪家要点儿吃的不能混过这一天啊，何苦来呢？"两人摇头叹息着渐渐走远了。

从那天起，我便知道了老人叫何叔，每天上午步行十几里路去县城，下午又背着一点讨来的食物回到村子。每当路过我身边的时候，老人都会在树下歇一歇脚，抹一把汗，就像今天这样。

老人又喝了一口水，却不提防被呛出一连串的咳嗽。停住咳嗽，老人抹了把被呛出的眼泪，喃喃地自言自语道：“不往远处去行吗？孙子们都大了，该说媳妇了，要是被邻近村人知道孩子有个讨饭的爷爷，还能娶到媳妇吗？”老人按着身后的树，撑起身，又向着县城的方向走去。

骄阳下，老人蹒跚而行的身影渐渐模糊了我的双眼。我只是一株野菊花，可是我却落泪了，你能相信吗？

记忆里每一丝清凉的感动

《疯狂到忧伤有多远？》

2006年，夏末。

北京。

自己等在医院复查的日子，无聊透顶。

游神一样，在大街、商场、书店逛荡。

突发神经，想出一个主意，乐得几近疯狂。

付诸行动。

于是，这世界上某个人的生命里突然有个雷人的丫头从天而降。

肯德基里。

他看着我，一脸的凝重、爱怜、忧伤。

他真好糊弄。我心里窃笑。

可是他真好。天天早上来医院接了我，带我游北京城里每一处我想去的地方。

故宫、长城、颐和园、北大、清华……

我们，还去了哪？

医生一脸笑着对我说：孩子，你完全康复了呢！

可为什么，我却莫名其妙地伤感了呢？

《你给我的岂止是生命！》

2008年夏。

某天下午，胆囊里面的某粒小石子，因为我给了它太多伤心的情绪，开始抗议。

它动，我便痛。

情绪更不佳。而它，愈加让我痛。

五时痛，忍。

六时痛，已难再忍。去镇医院，诊：胃痛。

打了一针止痛药水。痛止，归。

再痛起时，已难自抑，在床上翻滚，汗如雨下。

我哭喊，叫我爸妈来，叫120来。

我以为，这次我真不行了。

又有医生至，仍是止痛针。

没坚持到救护车到来，又开始绞痛。幸好，救护车来了。

路过我家，有人去喊我的父母。

此时我已经痛得在车厢的地上翻滚，神志模糊。

老父抱着我，心疼得直掉眼泪。

我迷糊着对爸爸说：让我在车厢里趴着，那样不疼。

可我哪里趴得住，疼，好疼。

爸爸看我在厢里翻滚，怕我磕到椅子腿上，又抱起我。我看见爸爸红的眼睛，泪滴在我脸上，和我的泪和汗混在一起。

到了医院，时年五十六岁的爸爸抬着担架跑在前面，我躺在担架上，看着爸爸的背影，眼泪再一次挂满脸上，这一次，是因为心痛。

《孤寂旅途因为等待生香》

2009夏，傍晚。郊区至市内的公交车上。

从市内调往郊区分校任职，每周二傍晚颠簸一个半小时回城，参加周三例会。

而我，最怕便是华灯初上时独自在拥满陌生人的车厢中。

每当夜色渐浓，一盏盏橘红的路灯在车窗外掠过，如同一粒粒子弹，将我内心最柔软的地方击中。

思念开始泛滥，眼泪开始纵情。

低着头，不敢啜泣；侧着脸，担心邻座看到。

手机响起，是玲子，天生快乐的大嗓门儿响起："妞妞儿，几点到？姐给你蒸了螃蟹！"

挂断电话，内心有了力量在支撑。

有人在等我吃饭！

有人在等，便不是从孤独前往孤独的旅程。

《合欢飘香》

2010夏夜。

那时还在学校工作，值夜班，到八点半，骑电动车回家。

在车棚推车时，两个男生，主动要求帮我，把电动车推出来，交给我，齐声喊：老师回家路上注意安全！

推车到校门时，又有两个男生，站在那里，同样高喊了一声：老师回家路上注意安全！

嘴里答应着，连谢谢两字儿都说不利索了。

回去路上，沿路合欢开得烂漫。

夏天，那么热，合欢，那么香，身后还追着一路皎洁月光。

《我们都是快乐的傻孩子》

2011年初夏，夜，陵县开发区。

路上，我和三个同事小弟聚餐归来。

路，新修的，未通车，行人可以过。

路旁，柳、梨、槐还有各种不知名的树，郁郁葱葱，影绰着月光。

有没有蝉鸣？我没记清。

醉了吗？没有。

其中一个同事小弟因女友还在家里等着，先行。

来时四人，两辆电动车，归时三人，只有一辆，超仔发扬风格：我走着。

我坐上电动车，孟仔悲催地呼一声：俺的娘哎！然后认命地推着我前行。

三人，边走边聊，边聊边乐，孟仔推着我，满头大汗；超仔低头，嘀咕一声：鞋是俺媳妇新给买的。顺手扒了下来，在手里拎着，赤脚在一边走着。

大笑，笑也能让人醉了。

我坐在车子上，要给他俩唱我每回只有醉了才唱的《死了都要爱》。

眩晕，想不起词儿。

翻手机上网查找。终于找到，号了两句，到公司门口了。

弟兄三个，每回想起每回乐。

“小清新”大幸福

闺密蓓蕊新拍摄了一组个人写真，照片拿到手后给我们看，背景都是附近我们熟悉的地方，减河风景湿地、湖滨大道上、明月湖畔、步行街上，每一处场景都是我们去过很多次的地方，可是在照片中却美丽得让人感觉那是画中的景象。

蓓蕊得意扬扬地告诉我们，这是“小清新”风格，淡化了些许琐碎，放大了美丽的一角，或是一株草，它带着淡淡的绿躺在地上；或是一抹浅浅的蓝天，或是一朵清秀的淡紫玫红花儿。美景中的蓓蕊穿着乳黄色的棉布格子衫、磨白牛仔裤和帆布鞋，脸上化着淡雅的妆容，人与景交相辉映，处处显露着一股清爽和随意，微闭的眸子和嘴角的笑纹，让人心里赞着，念一句岁月静好。

当多少年前被老一辈拎着耳朵教育说，生活就是柴米油盐，可长大了才发现，这么简单的几个字却让我们玩命地奔波，像极了上足了发条的闹钟，总感觉这也不足那也不妥。每天一早睁开眼，房贷车贷的数字儿就蹦到眼前，提醒着自己不敢有丝毫的马虎。有些时候，一群朋友聚在一起，聊着聊着，总会聊出些许的不满意，对工作的，对生活的，对爱好的，你的，我的，他的。别人的不满意也总会引发自己共鸣，而别人的得意之处，更会让自己羡慕嫉妒恨。

偶尔有个休息日，回到老家，享受一下鸡鸣狗跳的田园风，看着乡邻牵着牛迈着悠闲的步子下地干活，感觉他们的幸福就像牛尾巴，一甩一甩的，不是在左即是在右。

在家的时候，我经常跑去和村子里的大娘大婶们聊天，看她们捧着一箩筐玉米搓着，或是扒着绿豆，手里重复着简单的活计，同时可着嗓门说着东家长西家短。听她们毫不掩饰的爽朗大笑，我也会不由自主地跟她们笑起来。有时候会突然想问她们，真的有这么开心吗？家里有什么特别开心的事儿吗？有一回，真的忍不住这样问了，那个婶婶郑重地回我：我家的鸡今天下了一个双黄蛋呢！瞪着圆圆的眼睛，表情可爱得像极了印度电影《婚礼》中的卡佳拉。

回味着“卡佳拉婶婶”的话，我突然发现，之所以感觉不幸福的人们，是把不满意的方面看得太重，如果我们把“小清新”融入我们的心态，把快乐的地方放大，再放大，幸福的感触就会更多吧！

幸福是别人多笑一回

周六晚上，舍友叶子姐问我这一天怎么安排，我说，睡懒觉到自然醒，然后去理个发，烫个头发。她说：“那你烫完头发带我去城隍庙吧，我来到德州工作两个月了，一次都没有去过呢。”我说：“你看外面的雪还没化完呢，多冷啊，等天气好了再带你逛吧。”她无精打采地说，好吧。

周日理发的人真多，在青龙街上这家常去的理发店里等了许多顾客，走进去坐在沙发上静等。年轻的理发师们边忙碌着边和熟识的老顾客聊着天，看着他们头上染得娇艳的黄色红色，我在心里轻笑这些90后理发师，一个个非要把自己搞得这么个性才觉得时尚吗？

终于轮到我理发了。这时候一位阿姨理好头发结账，那个年轻的店长走过去轻声说：“今天店里搞活动，凡是结账时排在六的顾客都可以半价优惠，阿姨你真幸运，你是今天第二十六位，恭喜你了。”阿姨乐呵呵地结账走了。

我说：“我在你们店里消费好多回了，怎么一回这样的美事儿都没遇上？”年轻的店长只是微微一笑，就又去忙他的活计了。

给我做头发的理发师轻声告诉我说，刚才那位阿姨是附近小区的住户，阿姨的丈夫英年早逝，刚强的阿姨独自一人沿街卖菜过日子供养婆婆和儿子，如今儿子考上了外地的大学，只剩下阿姨和她年迈的婆婆过日子。每天阳光很好的下午，阿姨沿街叫卖的时候会把婆婆拉出来散步。年轻的理发店长被阿姨的孝顺感动，每次她来理发，店长都能编造出一个理由给阿姨半价的优惠。

小理发师略带着自豪地说：“我们店长说，只是少赚几元钱，就能多看到一回阿姨开心的笑容，这是一件很幸福的事！”

多么令人感动的想法！与人玫瑰，手留余香；与人快乐，已留芬芳。我掏出手机给叶子姐姐打了个电话，告诉她待会儿带她去逛城隍庙。听着她在电话里欢快地喊“欧也”，我想，给别人一点开心这样的幸福事，我也应该多做一些了。

第七辑

轻轻流过的夏风

轻轻流过的夏风

“她的长发从我眼前飘逸而过，她的眸子晶莹闪亮，我对着她的身影凝望许久，终于等到她瞬间的回眸，一眼，就一眼，便点亮了我整个青春……”我站在三楼教室窗口对着外面深情地朗诵着我的新作，身后传来那经典的湖北腔：“熊娃子，搞什么文艺青年的腔调，多大点儿人，还凝望，还回眸，再不回座位上信不信我点亮你这次考试的红灯！”我转身打个敬礼，顺从地坐回座位上。

那位不喊熊娃子不开口的先生便是我们的老师，初（7）班班主任，人送美称吕秀才，不仅因为他姓吕，而是他和吕秀才长得极像。初夏他接任我们班主任，第一堂课，一本正经地介绍自己说：“同学们，我姓吕，十二年前跟随我的妻来在这九达天衢的德州……”我们抑制不住哄堂大笑，他还在一本正经地讲，“……十二年来，我每次讲这句话的时候学生们都在笑我，最近几年是因为那个《武林外传》里的吕秀才，可前些年没《武林外传》的时候他们也笑，真让我想不明白……”

不过马上我们便笑不出来了，因为吕老师为了解我们的语文功底，上来就安排了一次摸底考试。考就考，谁怕谁，自打进了幼儿园，同学们哪个不是身经百“考”？关键是这吕老师在摸底考试前的一句话：“摸底考试的成绩我也会跟各位的家长分享一下。”这不是赤裸裸的恐吓嘛！尤其是对于我们几个成绩不好的学生，考试我们不怕，最怕的是考试之后，拿到成绩单后家长盛怒的眼神和手里的教子器材。

可是没想到的是，考题却并不刁钻，全是出自课本上的内容。纵是如此，也仍是有些题目让我绞尽了脑汁也没填全。而最后的作文题，却是这样写道："题目随意，题材随意，字数随意。"哈！这可对了我搞笑文艺青年马小杰的路子，说什么我也要写一篇极具创意的诗来"一雷惊人"，让他吕秀才对我永世不忘！

我写道：曾经，我立志要做一名诗人，我最崇拜的诗人是海子，我决定要改一首海子的诗来作为我今天的作文！

从明天起做个自恋的人
打球、唱歌，到处得瑟
从明天起关心德州四环醋
我有一间宿舍
面朝操场看得见美女帅哥
给每一个喜欢的每一个讨厌的人取个响亮的外号
恨的人我就不给你取了
因为你只是我生命里一个打酱油的
我只愿啃着羊排喜笑颜开

备注：如果哪一天我也像海子一样卧轨了，你们千万不要奇怪，因为即使阳光的我也有着海子忧郁的性格，如果不想世界失去如此"冻人"的我，请多看我一眼，再多对我笑一下吧！

试卷交上去我便和几个死党跑着打球去了。

我们在毒辣的阳光下奔跑着，汗珠大滴大滴地往地上砸着，每一次进球时的欢呼都要声嘶力竭，直到12：4大胜初二（9）班，顾不得嫌弃谁身上的泥和汗，抱在一起跳着，嘴里呜哩哇啦地喊叫着。突然就看到了站在一旁咧嘴笑着的吕老师，显然他也被我们的开心感染了，大大的眼镜遮不住他的笑意。我们对望着，嘿嘿笑着。他突然就说了一句："熊娃子，我看不出你哪忧郁啊！挺阳光的嘛！"

后来我才知道，他在看了我改的诗后，特意满校园里找我。他说："马小杰咱俩谈谈吧！"这是他第一没喊熊娃子而是喊了我的名字。我说："行啊！"于是我俩就席地坐在柳树下面开始了我们的谈话。他说："马小杰，我从刘老师手里接过这个班级的时候，他把你们的情况都跟我大概讲了下。另外，因为你在学校太'著名'了，我还特意找别人打听了你的情况。我希望年底开家长会的时候，我能够跟你的妈妈说：'马小杰这半年的进步真大！'我想，你也一定愿意看到她为这句话开心成什么样子！"说实话，坏学生马小杰我被老师找谈话已经到麻木了，可在那一刻我被他的话感动得嗓子眼儿里堵堵的，想说点儿也能让他欣慰的话，可是却从我嘴里冒出一句："吕秀才，咱不用这么直白吧！"

我安稳了三天。

第四天下午，我看着讲台上摇头晃脑的历史老师实在是厌烦，给苏奇兵扔了张字条，字条上写着：在咱们住的小区三排七幢的房顶上，有个红色的信号灯每天晚上都闪啊闪的，据说那幢楼里藏了台湾的特务，每当信号灯闪的时候就是特务在跟台湾方面发消息。你有没胆量跟我去破坏掉他们的信号灯？

过了一会儿，纸团扔过来，歪歪扭扭的苏氏字体：杰哥，我跟你去！

夜里，下了晚自习回到家，桌子上摆着一块蛋糕、一盒果酸奶、一盘水果，还有一张字条儿：小杰，妈妈医院里有手术，晚上你吃点东西早点睡。我把蛋糕三两口消灭掉，把果酸奶和一个橙子装进口袋，跑到三排七幢楼道口，苏奇兵已经等在那里。

从顶楼顺着脚手架爬上顶层的平台，夜里的风还真有点凉。那个信号灯就在一个五米多高的柱子上闪着诡秘的红光。我掏出橙子递给苏奇兵，他边吃边问我："杰哥，这真的是特务的信号灯吗？"我故作深沉地说："消息百分之九十九可靠。"苏奇兵又问："那咱破坏了敌人的信号灯是不是为国家立了功？"我说："绝对的！"苏奇兵又接着问："那会不会给咱们发奖励？若是真发奖励，我就说，我不要奖励，给我评个三好学生就行了！"我接道："还不是校三好生的问题了，那得是市三好生！"苏奇兵听得眼里晶光闪闪，就和那信号灯一样。我握着他的手郑重地说："这个表现的机会，哥让给你了！"苏奇兵刚想张嘴说什么，我掏出果酸奶拍在他手心里，苏奇兵一抹鼻子，转身冲着那柱子去了。

要说苏奇兵，虽然打小脑筋就不灵光，可是这爬高上墙的事儿还真数他轻巧，三两下就爬上了那柱子，眼看就够到那红灯了。就在这时，听到楼下面空地上有人喊："柱子上那孩子，快下来，别动那航空障碍灯！"苏奇兵到底是个乖孩子，一听人喊便下来了，可是下来得太快了，他在柱子顶端便松了手，直直地掉下来了，"啪嗒"一声摔在顶层的平台上，摔出一声闷哼，不动了。

我发誓，虽然我打小就爱耍戏笨笨的苏奇兵，但我半点儿想害他的心也没有，我只是想骗他爬上去，摘下我摘不到的那颗红灯，但是我没想到他会摔下来，而且摔得这么重。学校里第二天就知道了，吕秀才灰着脸从学校教导主任那回来，把我从教室里叫出来。我以为，他得狠狠地骂我一顿，他却只是盯着我，直到把我盯得发毛了，手指头绞来拧去的，都不知道该往哪里放了。这可不是马小杰的作风，想当年马小杰闯了祸去见校长的时候，都没有胆怯过，如今在吕秀才透着忧伤的眼神里，马小杰却心慌异常。

吕秀才叹了口气，说："跟我一起去医院看看苏奇兵吧。"吕秀才买了一大袋子水果带着我到了病房，幸好苏奇兵已经没事儿了，坐在床上，看到我还伸手比着"V"字。我妈正在那点头哈腰地对苏父和苏母说着什么，苏母一见我，满腔怒火终于找到了出处，一连串责骂的词儿从她那丰厚嘴唇里蹦出来，吕秀才想拦都拦不住。我就纳闷儿了，她那么聪明的头脑，怎么会生出苏奇兵这么愚钝的儿子！吕秀才几经安抚，苏母才熄了火气。我看着吕秀才点头哈腰地劝慰她，心里头酸酸的，本想顶她几句，可看看吕秀才，终忍住了。

出来医院的门儿，顺着马路边儿往学校走，吕秀才说："别人再傻再笨也不要欺负他，因为善良是人性里最美的一朵花。"想起之前耍戏苏奇兵的种种往事，我确实感到有点后悔。我想，是不是应该做些什么来弥补一下苏奇兵？可我张了张嘴，却对吕秀才说："我往后不逃课了。"

坏学生马小杰我突然就变得特别爱学习了，下了课仍安安静静地坐在教室里捧一本书读，兄弟们来找下午逃课去打球儿，我摇头。他们说："马小杰，你不是真想做乖学生吧？你能坚持十天不逃课吗？"我伸一根食指，说："你数着看！"

可是我真的没坚持到十天。第六天上午，刚一到学校，我就听说吕秀才出车祸进了人民医院。他骑电动车，被一辆酒驾的小轿车撞了……后面的我没细听，就以百米冲刺的速度奔人民医院去了。

他会不会被撞成动都不能动的植物人？他会不会已经……我摇摇头，抹一把脸，湿的，是汗。

吕秀才，你可千万不能有什么事儿，我已经开始学着做一名好学生，若是失去你，谁来督促我……一边跑，文学少年马小杰一边被自己煽情得眼泪直流。

打听到他的病房，推门进去，吕秀才正坐在病床上抱着半块西瓜大口大口地吃着。他抬起头，看到满脸汗与泪的我，一口鲜红的瓜瓤喷出来，抹一把嘴，恨恨地说："马小杰，你又逃课！"我晃荡着走过去，摸摸他的头、拍拍他的肩，又拍拍他的腿，嘴里问着："这儿没事儿吧……这儿也没事儿吧……"吕秀才看着我连跑带哭，上气儿不接下气儿的样子，别过头去笑："没事儿，放心回去上课吧！"我抹着脸，嘟囔着："怎么可能没事儿，不是被酒驾汽车撞的吗……"他回过身一拳擂我肩上："你小子盼着我有什么事吧？"我不好意思地笑笑，病房里的人们也被我们逗乐了。我蹲在他床边儿，小声说："吕老师，你好好养着。"这是我第一次正经地喊他吕老师，病房里的人都微笑着看我，吕秀才又一次转过头去。窗外，夏风吹过，洁白的栀子花散发出阵阵幽香，我却看到他眼角湿了。

不着调的“七手夏利哥”

黑桃五是我们四十五个人对他的爱称，其实他有个挺好听的名字，叫陶海亮，就因为那张比别人肤色黑了几个“色码”的脸，初中时我们偷偷叫他黑桃。黑桃和人打呼的方式真是无比灿烂，在走廊里遇到其他老师们的时候，总咧着个大嘴扬着右手，五根又细又长的手指远远地叉开：“嗨！”调皮鬼米小德说：“你看你看，这新班主任活脱脱一个黑桃五！”自此之后，在“民间”再无人喊他陶老师。

黑桃五是学校里为数不多开车上班的老师，只是他却不怎么喜欢擦车，开发区的尘土又多，他的车子经常就那么脏兮兮地开来了学校。同学们有人笑他的夏利车是二手的，米小德摆出经典的撇嘴动作，说：“咱黑桃老师能开二手车？怎么着也得七手的吧？”人们哄笑，于是黑桃五又多了个七手夏利哥的雅号。

黑桃五上课从来不强调课堂纪律，也从不像别的老师那样在讲到重点的时候提醒那些走神儿的学生注意听讲，他只要一上课就开始进入状态，讲得投入的时候连手势带神态全都透着精气神儿。他一来的时候就说，进了高三，你们都知道自己该干什么了吧？打算考学的你就好好学，没打算考学的你就好好享受！没几天儿了！这一番话从一个高三班主任的嘴里说出来虽然有点不着调，可却让底下的四十五个人着实伤感了一番。高中这么快就该结束了，明白自己挤不上和不打算挤大学那个独木桥的人同样都在伤感着学生时代的最后一年。

听班里的“包打听”罗蕾蕾说，黑桃五毕业于北京某知名大学的汉语言文学专业，据说当年他以本省最高分顶着状元的名考进了那所大学。而黑桃五自己跟我们说，当年的他虽然学习成绩不错，但高二之前却根本不知道考第一是何滋味，平时仗了自己有点小聪明，却并不怎么用功。亦步亦趋地逐着别人的步子进了高三，遇到了他人生中的明师，这颗“黑陶”经过明师如何如何的鞭策，最终在高三之时幡然醒悟，奋起读书，终于步入了北京的高等学府。他把自己的这段经历讲得神采激昂，引得我们心里充满了激情。本来对自己考学不抱希望的我们几个也被他的话激起了性子，抱着课本一遍遍认真地学习，晚上宿舍里的灯在十一点之前就没有熄灭过，当熄了灯趴在被窝里的时候，嘴还在一张一合地念叨着英语单词。榜样的力量是无穷的，每一个人都在暗暗鼓着劲，期望能复制一个黑桃五的成功故事在自己的身上。

黑桃五不光课讲得神采飞扬，草书也写得极好，有天上课时来了兴致在黑板上狂草一首《满江红》，那龙飞凤舞的字迹颇有王羲之的风范，引得同学们纷纷掏出手机来拍照。黑桃五也不阻拦，反而跑到黑板中间摆着POSE，还举起右手比出“V”字让我们照。同学中有急性子喊道：“闪开闪开，挡了字了！”引得大家哄堂大笑。

人们埋首功课的时候，米小德游手好闲于人群中间，越发显得孤寂，于是他天天喊，高三，真不是人过的日子！黑桃五给米小德派了一个任务，让他负责组织各学习兴趣小组，安排兴趣小组活动时间和场地，给了头衔，叫高三（9）班总务处长，还特意去市里给他做了个红色的胸卡。米小德兴高采烈地别着胸卡各班乱窜着显摆，回来后姿态极低地征询大伙意见，建立了英语、语文、数学、综合兴趣小组，一一安排好了活动时间及地点，并在小组活动的时候带着笔和本装模作样地去巡视。黑桃五为自己给米小德安排的差事极为满意，这样既让米小德有了和学习沾边的差事，也解了全班被捣蛋鬼骚扰之苦。

米小德又闯祸了！

班里有五个同学是校文学社成员，这天米小德突发奇想在周日下午的自习课时带他们出校园去感受自然，还美其名曰让大家学会用触觉写作。可学校规定高三生除了每月回家一次其他时间根本不允许出校门，米小德歪心眼多，找高二的几个走读生用一顿午饭的代价借回了几张走读通行证，几个人分散开趁着中午放学人多大摇大摆地出了学校。

计划相当完美，本来是不会被学校发现的，可是偏偏却出了事儿。他们一行人雀跃在美好春光中时，朱紫楠一脚踏空跌入了路旁的池塘，几个人谁都不会游泳，看着朱紫楠在水里挣扎着喊救命全都慌了手脚，幸好附近居住的人们听到了他们的叫喊声赶来救起了落水的朱紫楠，活动被迫提前结束。回到学校，湿身湿漉漉的朱紫楠被门卫拦住，胆小的她被保安略一呵斥便从实招来了。

那天下午黑桃五没有课，他在电话里听清楚教导主任可着嗓门儿吼出米小德的名字时，立刻就反应过来肯定是出什么事儿了，当下就开着他的“七手夏利”一路飞驰回到了学校。这边朱紫楠早已经换了干净衣服，抽抽搭搭地哽咽着：“我没想说的……可是……可是他们太凶了……”米小德还在一旁愤愤着：“早就说不带你去，非去，就知道你女人顶不住事儿！”一回头看到黑桃五黑青着脸进来，闭了嘴。

黑桃五作为高三（9）班班主任，对学生监管不力，在此次事件中扣管理分20分，取消年底评选先进资格；主谋米小德虽然出发点不坏，但组织活动方式不对，触犯学校管理条例不说，还险些酿成大祸，记过一次。

米小德理亏，心里惴惴着等待黑桃五的暴风雨来临，可黑桃五却在处分下发后静静的一言不发，着实沉默得不像他的风格。直到有一天，米小德实在沉不住气跑去找到黑桃五，豪横着说：“事儿是我引起的，想怎么处罚就处罚好了！”黑桃五用亮得出奇的眼神盯着米小德看了好一会儿，然后给米小德讲了这样一个故事：“一个高三的男生，和同学们商量着每周逃一次晚自习结伴一起到附近的工厂拿人家堆放在墙角的废纸箱，卖了钱救济一个孤寡老人的生活，大家说好谁都不告诉。有个男生却没有坚持住，不久就退出这项活动，还悄悄向老师举报了逃课同学的行踪，虽然后来男生考取了很好的大学，但是他在心里愧疚自己当初的背叛，毕业多年，一回都不敢去参加高中的同学聚会，也没有同学叫他去参加，怕是这一生他都不会有机会参加高中的同学聚会了。你知道那个男生是谁吗？”就在米小德惊讶地张大了嘴时，黑桃五点点头说：“你没猜错，就是我。米小德，你是个汉子！出了事儿你没跑，知道犯了错主动来找我要惩罚，这勇气是当年的我不曾经有的。米小德，再做一件汉子办的事儿给我看看吧！从今天起，利用每一分钟学习，成绩能提高多少就提高多少！”

米小德郑重地点了点头。

我们在紧张的学习和一场场考试中临近了高考的日子，黑桃五明显比之前更忙碌了，晚上不是他的晚自习他也经常会过来转转，和值班老师交流一下再开着他的“七手夏利”洒一路尾烟潇洒离去。

终于考完了，来不及去想自己的成绩便倒在宿舍里睡了个天昏地暗。之后便是放假的日子，出了笼般地雀跃着、疯玩着，像是要把紧张的三年高中失去的玩乐时间补回来一样。

成绩出来了，全班有十四个一类本科，这样的成绩不光在全校，就是在全市的高中里面都名列前茅，米小德居然也考上了青岛的一个学院，只可惜不是他第一志愿里面那个据称美女同学如云的财会专业，稍稍带了点遗憾。

我们想摆一场隆重的谢师宴，却得知黑桃五开着他的“七手夏利”回老家参加同学聚会了，米小德突然想起了黑桃五当初讲的那个故事，泪水就这么弥了双眼。

洛可可的忧伤

一

每天下午的四点半到五点，是洛可可一天中最期待的时间，这个时间段，是她和李硕的播音时间。阳光透过宽大的玻璃窗暖暖地照在身上，她在李硕播音的时候偷偷看他的眼睫毛，忽闪忽闪的，感觉自己的心也伴着这个频率跳动着。李硕突然侧脸看她，慌乱中她低头看自己的播音稿，校园广播里出现了几秒的空白。

第一次见到李硕时，洛可可特别的狼狈，那是她到学校报到的第一天，扯着将要回冀州的妈妈哭得鼻涕眼泪横飞，惹得妈妈也跟着红着眼眶掉眼泪，母女两人执手泪眼相望，一副生离死别的模样。李硕就是在这时出现在她的旁边，大声说："嘿，没出息的丫头，当年哥可是一个人来报到的！"然后转身一本正经地对洛妈妈说，"阿姨，我是学生会派来带新生的，孩子离开父母才会长大，您放心回去吧！"

那天，洛可可肿着眼睛跟在高大的李硕身后，一路听他介绍着食堂、教室、图书室、阶梯室，最后把她送回宿舍楼，在一张纸上写了一个手机号递给她，豪气万丈地说："有事儿给哥打电话。"

洛可可没有打过那个号码，却把那十一位数字和李硕的身影一起印在了心上。

洛可可是个很安静的女孩，可是她却有着极为美妙的声音。元旦节前一段时间，学校广播站招聘播音员，通知贴在办公楼前的公告牌上，舍友们撺掇她去参加，洛可可真的报名了，在众多的选手里，她脱颖而出。

二

等到真正坐在广播室里时，洛可可才知道，她的搭档就是那个自称是哥的男孩——李硕。洛可可为这次相遇欣喜着，李硕却已经忘记了曾经带着洛可可认识校园的事，他客气着伸手介绍自己："我是汽车维修专业的李硕，请多多关照。"

没几天洛可可便知道了李硕是有女朋友的，是汽车商务（3）班的班花卢小葵，那个漂亮得让人眼晕的女孩儿。有一天播音结束后，洛可可看到她等在门外，对李硕嗲声嗲气地说："硕，我们一起去吃过桥米线好不好？"洛可可看着一脸灿烂的李硕拉着卢小葵走在夕阳里，心一点一点低沉下去。

等到放寒假前，洛可可和李硕已经非常熟悉了。寒假前最后一次播音完毕，她说："听说山西运城的豆沙糕很有名呀，记得开学时带给我吃啊！"李硕笑着说："贪吃的小丫头，好像我们山西的老醋更有名气呢，要不要带点给你吃啊？"洛可可在心里轻轻地说："醋我已经吃了太多了，吃得牙都要酸掉了。"

李硕看着一脸落寞的可可，还以为是他刚才的玩笑话惹烦了她，忙又说："可可，学校旁边的过桥米线很好吃呢，要不待会儿我请你吃米线好不好？"洛可可听得眼睛都亮起来了，可就在这时，卢小葵扭着高跟鞋走了进来说："硕，我们今天去吃什么？"李硕回头看看洛可可，为难地挠挠头。洛可可忍着满心的失落对他们挥挥手道了再见，说："提前祝你们新年快乐！"

第二天上午，洛可可背着简单的背包去赶火车，检票时，她看见卢小葵一个人拖着大大的行李箱站在前面拥挤的人群里，李硕居然没有来送行。

三

开学了。

李硕果然忘了带豆沙糕给洛可可，她在心里暗暗失望着，很有些不高兴。可是过了几天，当她在宿舍听到舍友们说起卢小葵移情别恋的传闻时，就彻底地原谅了李硕，马上开始同情起他来。

原来，曾经追卢小葵很久的郭亚洲，在寒假期间勇敢地追到了卢小葵家所在的城市，当卢小葵心不在焉地接着郭亚洲的新年祝福电话，按他指挥走到阳台，看到站在楼下雪地里的郭亚洲时，芳心怦然而动。

开学回到学校后，所有同学都看到郭亚洲拉着卢小葵到处高调作秀。

人们都在关注并同情着"被失恋"的李硕，可李硕却像个木头人样无动于衷，就连洛可可看着他整天面不改色的样子都在心里暗暗怀疑他到底有没有喜欢过卢小葵。那天下午播音时，洛可可播放着伴奏音乐《在雨中》，读着一篇稿件的空隙，偶一抬头，看到李硕的眼泪，颤颤地挂在睫毛上，迟疑着不肯掉下。那一刻，洛可可感到自己的心那么痛，那么痛。

就在洛可可纠结在说与不说的时候，中专部选派出国实习的名单公布了。李硕榜上有名，目的地是日本静冈县的一家汽车制造厂。李硕离开了广播站，专心做出国前的准备。

出国实习生们的签证很快拿到了。这天洛可可和一帮同学为李硕办饯行宴，散场后在回宿舍的路上，洛可可想好的表白在心里面百转千回，到了宿舍楼前还是没有说出口。就在李硕道了再见往回走的时候，洛可可脱口而出："李硕，什么时候你会再回来看我？"李硕回头笑笑说："丫头，我还没走就开始想我了？"黑暗中的洛可可一脸羞红地等着他继续说下去，李硕顺手一指身旁的一株植物说："等它开花的时候，哥就回来看你！"洛可可看了一眼，眼神登时暗淡了下来。

那是一株铁树。

相传，铁树千年一开花，千年一叶落，而书里也一直以千年铁树开花来形容极为罕见的事物。洛可可的心跌入了谷底。

四

洛可可没有参加为李硕等人准备的送行仪式，她躲在办公楼四楼的播音间里，注视着门口庞大的送行队伍。她看见人群中翘首寻找什么的李硕，是在找她吗？还是在找卢小葵？

李硕他们是从北京乘下午4点55分的飞机到日本的，那个时间段，正是洛可可的播音时间。今天有好多的同学为赴日本实习的好友们点歌，洛可可拿起一张字条，上面写着卢小葵为李硕点播歌曲《在雨中》。

听着汪峰唱"……在雨中想起你的模样，感觉那么温暖那么哀伤，刹那间你似乎就在眼前，一切好像回到了从前……"洛可可就在这忧伤的旋律中泪雨滂沱。

不断地有消息提示洛可可的电子邮箱里收到了李硕寄来的邮件，可是洛可可刻意着不去点击它。李硕的邮件隔一天一封，洛可可看着新邮件的提示默默发呆。到后来，连她都不清楚自己到底是在别扭些什么，是因为李硕太过于残酷的拒绝，还是自己太过于妒忌卢小葵的心情？

卢小葵和郭亚洲分手了，李硕的邮件还是不断地发送到洛可可的邮箱中。日子过得真快，放暑假了。

洛可可在暑假后回到学校，被眼前的一幕惊呆了：宿舍楼前的铁树开着一大簇黄灿灿的花朵。

“铁树开花了！”洛可可激动着跑去宿舍对舍友说。舍友却一脸不屑地说：“这有什么稀奇的呀，玉林的铁树年年都可以开花。”

自小在北方长大的洛可可再次呆住了。

洛可可打开邮箱，点击着一封封没有读过的邮件。

“丫头，送行的队伍里居然没有你……”

“丫头，日本的女孩真的很漂亮，但是，比你还是差了点，呵呵……”

“丫头，想你了……”

“丫头，为什么不给我回信？……”

最近的一封发自昨天，上面写着：“丫头，昨天晚上梦见你了，梦见你站在校园里扯着妈妈的衣袖掉眼泪……”

洛可可轻轻地在键盘上敲下：“你可知道，铁树的花已经开了。”

童年绯梦

常常会有这样一个场景在我的梦里徘徊，有时是在午夜熟睡之际，有时在白天仰望着天花板无聊发呆的时候，童年的我就会跳出来，在那个名叫西彭的小村庄走来走去。

亭亭如盖的椹树上挂着零星紫红、淡绿的椹果，透过树叶投射下来的阳光影影绰绰地洒下来，不能抬头望，望了，就会被那阳光射中心房，美丽的小村之图就会徐徐不断展现开来。村西一片片茂密的树林里恣意生长着野花、杂草和唾手可得的蘑菇，当然，有时候也可能是狗尿苔。我坚定地相信这是我小时候生活过的记忆，因为它那么清晰逼真，不间断地在我脑海里重放。我乐此不疲地把梦里的场景重复给一个朋友听，告诉他我的童年是多么灿烂多么快乐，他总是微笑着，静静地听着。

那段反复出现的梦境，是一个夏日阳光灿烂的午后，八岁，还是九岁？我有些模糊，可以确定的是这个小村庄的名字，它倚傍滅河东岸，名曰彭庄，字面解意，一群姓彭的庄户人家所居之地。我就是其中一家的孩子，村子很小，和我相同大小的孩子只有两个，小辉、志凯；而我们常一起玩儿的有七八个，比我们大的两个一个叫红旗，一个叫群群；比我们小的，有顺儿、小民、宽子、成成。

那个在我梦境中长久郁悒着快乐香气的下午是这样开始的。

花儿！胖花儿！有人跺着我家的后墙喊我，我打赌，一准儿是小辉那死小子，我还敢保证，只要我出了门儿，他见了我一小块衣角的影儿，便马上会改口喊花儿姑！他也就只敢在我抓不到他的时候，随着别人叫我的绰号儿，逞逞嘴上的痛快。他小我一辈儿，当面若不喊姑，我便揍他。

“我很威武！”我对朋友说。他依然是轻轻地笑着，不语。

村中间的大槐树下，是我们的集合地。村里的怀成奶奶正坐在那儿给先到的几个人讲故事：“……这棵大槐树据说几百年前就已经壮如桶粗了，那时还没有彭庄，彭庄村的始祖，我们的老老老奶奶在洪灾年里从山西逃难一路到了这里，在这棵树下的石墩歇脚，一抬头看见树上结满了青青的豆荚，就喜欢上了这里。同行的三个儿子也就落户在这，筑屋择地，开荒种粮，生根于此了。现在，这株大槐树已经粗到两人合不拢，当年的三户人家也已经发展成将近三百人的小村庄，因为都是一个祖宗生养，所以呀，咱们村儿里的姑娘不能嫁给本村儿的郎！”我们似懂非懂地点点头。

数数人头已经到齐了，跟怀成奶奶打过招呼，一群人呼啦地奔向村西的树林子，一边跑还一边唱：顺儿他娘，脚尖长，脚尖上，挂铃铛……这歌谣是什么意思我们根本不知道，却仍当成最好的捉弄同伴顺儿的武器，而顺儿，也常常在这歌谣里涨红了脸怒气冲冲地要跟我们散伙。

在路上遇到小民他奶奶，老太太问了一声儿：“小民，晌午吃的啥？”小民答了一声：“晌午俺娘做得蛤蟆苛杂儿！”就听到一片口水咽肚儿的声音。

那么穷的年月儿，夏天除了捞面，蛤蟆苛杂儿可真是一碗好饭！姑姥娘给我做过一回，一碗面粉，一碗糯米粉，掺了水在面盆里顺时针搅动，把它们搅成浓糊糊状，提起筷子，糊糊不断溜儿，透着白莹莹的光。二表姨在灶上生起了火，待火苗把锅底舔红，锅里的水泛着汩汩水花儿时，姑姥娘左手拿着圆眼儿蒸屉，右手执勺子，一勺勺浓糊浇在蒸屉上，从圆眼儿里滴滴答答地漏进锅里，被沸着的水瞬间烫成半透明状的小蝌蚪，二表姨抄笊篱把锅里游着的小蝌蚪捞出来，扔进灶台上准备好的凉水盆里。吃饭的时候，每人捞一碗，浇上茄汁卤子，直吃得油走腮旁、满嘴溢香。

出村的地界儿有个小小的园子，是我家的，园子里种了一株椹树，有成年人的一搂那么粗，特别的高。这时还不到成熟的季节，但上面已经坠了零星紫红的椹果儿，我特牛气地宣布：顺儿可以和我一起上去！话音儿一落地，顺儿便像生了尾巴的猴子吱溜爬上树去了，而我也紧随其后。下面一群人眼巴巴地仰头指着告诉我们哪边枝头有几个又大又红的椹子。

我们在树枝丫间悠荡了几个来回，溜下树来，口袋里已经装满了收获。那个八九岁的我一边吃着椹果儿，一边仰昂着头，用左手遮着树叶缝隙透过的阳光，看着其他几个人在树上树下爬走一下午的闲散时光。

等等，或许是因为已经距离童年太久远的缘故，我的记忆有些模糊，其实那天我们出了村儿根本没有去摘椹果儿，而是跟着志凯一路奔跑，到了地头儿，志凯辨认一番，指着东边的杏树说，这边儿是我奶奶家的，咱们就摘这边儿的吧！

杏还是青的，不仔细看，这里只有一株株树生满了碧绿叶子，可你撩一把树叶儿，就会喜出望外地发现，和树叶一般绿一般大小的杏子缀满枝头。志凯嘴里喊着："别摘太多，我奶奶发现了会骂人的！"杏不熟，又酸又涩的，摘回去得藏柳条筐里用椿树叶子捂着，捂上几天酸涩味儿去了，杏也软了，便能吃了，只是椿树的叶子有股臭味儿，杏能吃了，也被它们熏出味了。

我们捡到一窝小狗。

是的，一窝小狗，有四五只，狗毛是浅浅的黄色，绒乎乎的，趴在地上，半闭半睁着小眼睛摇头晃脑的，一看就知道是刚出生不久被丢在路上的，真可怜。那时候，被舍弃是常常有的事情，甚至，不仅仅发生在动物身上。

我们七八个人围着它们四个，它们四个斜着眼睛望向我们七八个。我们在考虑如何处置它们，它们或许在思考这几个人是给它们带来希望还是灾难。

志凯的主意是分了，把它们带回家，可是分不开，我们七八个人，只有四只小狗。而我，虽然明知道妈绝对不会允许我在家里养小动物，也不愿意放弃我应得的那一只小狗。我们都是很倔强的孩子，明明知道大人不准带流浪动物回家，却依然不肯放弃自己的那一份。我也知道，成成的妈妈同样也不准他往家带小狗，因为他是我的亲弟弟。可这时候他跟我一样，倔强地叉着腰大声说着，要分就一人一只，要么，就别分！

小狗最终没有分开。

还是红旗主意多，他说，就在椹树旁边给它们建个窝，让它们兄弟几个住在这里，我们可以天天来给它们送饭，来陪着它们玩。这个主意真是棒极了！椹树就在一出村的地方，离我们都不算远，大人们又很少来这里，把它们安放在这里应该是最好的选择。

我们这群人，红旗是老大，他分配了任务，我带着成成去捡树枝，志凯和顺子挖坑，余下几个去拔草。动起手来也快，坑很快挖好了，里面铺了软草，上面又用捡来的树枝搭了个半圆的棚子，把它们四个放进去，虽然有点挤，但总比在大道上接受暴风雨的随时降临要好得多。

在小河边儿上洗干净手，互相拉过勾，相互告诫着不准跟大人们提小狗的事儿，不能忘了来给小狗送吃食。可是拉过勾松了手，一转脸就把小狗们忘在了九霄云后。

隔了几天再想起来，去大椹树下看，不光小狗不在了，连窝都不见了踪影，围着树绕来绕去转了好几圈，也没看出哪儿有挖过坑的痕迹。

记忆虽然在时光的威逼下变得苍老，可每当看到童年这个词儿，我就能想起那个夏日午后刺眼的阳光，明晃晃地照着陈旧的记忆，在生了尘烟的往事里映照出朦胧的光斑。

又是一个夏日的午后，和朋友坐在凉台的藤椅上，吮着冰凉的柠檬茶，我再次把那个不断在我梦境中重复的下午讲给他听。最后我说，长大后的我们在这个小村儿里各自成家，是最快乐的农妇和农夫。他终于忍不住打断我的话，说："红旗在深圳做软件、顺儿在启东中学教英文、成成在自己办学校，而我、志凯在做记者。可不可以别总讲这些你想象出来的片段给我听？而且你有恐高症，根本就不会爬树！"我被志凯脱口而出的话语惊住了，张了张嘴想要辩驳，却什么也没有说出来。志凯继续说："我知道，你对你小时候曾经生活过一段时期的那个小村庄很有感情，可是你不能以这种病态的方式来想念它，你在那里生活的时候，还是个三岁懵娃，而七八九岁时的你，和我们在一起。"

然后他讲我的童年往事给我听：在舞台上跷指评弹的我；在闹市街头，穿了小姨的高跟鞋轻摆腰肢、最终却赤脚走回家的我；静寂画室里，在画布上涂抹五颜六色的我；在星期天的午后，和志凯躲在我家里，偷偷对着镜子涂抹妈妈口红的我……随着他的叙述，一段段熟悉的场景涌现上脑海。是的，这是我的童年往事，那么那个夏日的午后呢？它真的没有存在过吗？再回头去想那个小村，那棵椹树，那个下午，光斑映得记忆里的场景愈加模糊不清，再硬去想，头便疼了，或许，真的只是一场梦。

冷秋迷雾

那是十几年前，秋水镇的西北角，一个空旷的大园子里，荒草恣意从生，薄薄一层霭雾笼罩着园子，一抹淡橙色挂在东院墙上，那是懒懒不肯升起的太阳。父亲母亲弯腰锄着半人多高的荒草，而我，站在屋门口的第三个台阶上，揉着眼睛看着这个尚且陌生的地方。

那年我随着调动工作的父母搬家到这个小镇上，父亲的单位分给我们两间房子安家，而这所谓的家，只是在这间废弃的工厂里挑选了两间不漏雨的办公室，经过简单的修葺，搭了灶台，生了烟火，多少就有了家的气息。而真正让母亲开心雀跃的，却是这空荡荡长满荒草的院子，她欣喜的眸子里不是一地枯草，而是满院果蔬。母亲从老家拿来闲置了没多久的农具，起早贪黑地和父亲一锄一锹地把土地翻松。

妈妈看到我放下锄头走回屋，洗了手，掀开锅，那里面放着几个热气腾腾的包子。做包子，是妈妈最拿手的伙食，据说爸爸当年就是因为在学校食堂吃惯了妈妈做的包子，才毅然拒绝了几个女老师的追求，把身为学校食堂小杂役的妈妈娶回了家。爸爸当年在那所中学绝对是数一数二的才子，而奶奶家又曾经是富甲一方的大财主，这场门不当户不对的婚姻注定了妈妈在家庭里的从属地位。而爸爸，虽然接受着新时代的思想教育，却还保留着老派的家长作风，这些，直接导致我从小养成了唯唯诺诺的性格。

包子里面没有肉，却很香。我磨磨蹭蹭地吃完包子，又慢条斯理地洗手，妈在一边拿着衣服和书包，不停地看着表催促着我。其实，我是不想去上学。我不敢告诉爸妈我不愿意去上学，我更不敢告诉爸妈我不愿去上学的原因，我怕他们去找老师而带给我更多的危险。

我在转学的第一天就挨了那些调皮男生的欺负。下课后，老师刚离开教室，那几个高个子男生就向我走近，我从他们的表情和他们对视的眼神里看出逼近的危机，于是踢开凳子我快步走出教室，而他们几乎是在同时加快脚步跟上了我，出了教室我就在校园里奔跑，像惊慌的小动物。已经下课的学生在院子里玩着投沙包、跳格子之类的游戏，老师们都已经回了办公室，没人注意奔跑的我和追逐在我身后的他们，或许是没人敢关注。终于，我被他们逼进一个角落里，喘息着，其中一个方头男生扯着我的辫子说："跑呀，再跑呀！"他们嬉笑着，把我的头发揉乱，我哭着语无伦次地说要去告诉老师，他们更大声地笑，把我拎到学校东南角竖着的功德碑前指着上面的名字说："盖学校时我们的爸妈都出钱了，你这个外地跑来的孩子，凭什么在我爸妈出钱盖的学校里上学？就算你告诉老师，老师也不会管，要是让我们知道了，会狠狠地揍你！"我被恐吓住了，任他们揪着我的辫子对我约法三章：一、每天要带零食给他们吃；二、他们五个的家庭作业全部由我来写；三、要保证随叫随到，不告诉老师。

我抽泣着点头，才被他们放过。第一天放学，回到家没吃饭，我便自动伏在妈妈的缝纫机改成的书桌上写作业，一直写到夜里九点半，爸和妈还在一边悄声地说着，怪不得人家这个镇的学生成绩好。

第五天的时候，因为没有带够零食我再次像只仓皇的兔子被他们在校园追赶时，同班的左小珍带着老师出现了，老师把他们狠狠地批评了一通，并且警告他们如果再敢骚扰我，就开除他们。老师走后，他们对着左小珍斜斜眼睛，却没敢过去招惹她。左小珍走过来，拉着我的手说："如果他们再欺负你，你就去告诉老师，要么你就告诉我，我爸是老大，让我爸打他们。"

就这样左小珍成了我在这所学校的第一个好朋友，时间久了我发现，其实她也没什么朋友，同学们怕她，不敢接近她。很久之后我才知道，她父亲是当地很有势力的黑社会头目。

下了课我像个跟屁虫一样紧随左小珍其后，跳格子、弹珠、拍宝，我们两人玩得不亦乐乎。每当剪子包袱锤分先后时，她总是偷偷让着我，以最快的速度把拳出来，让我有赢她的机会，而每当我输了，她就会抢着说，这局不算，从（重）来从（重）来，而我总是很笨，因为我实在喜欢看她笑着说我笨蛋，愿意听她带着浓厚的地方口音说：从来从来。

从二年级上学期一直到五年级下学期，我们俩总是手拉手腻在一起，即使偶有争吵，她也会很快先低头跟我讲第一句话。她说，我像她的妹妹，我们甚至说到要拜干姐妹，将来即使长大嫁了人也要互相来往。

美好的愿望注定是让人回忆时用来惆怅的。爸爸再次调任，我们一家人跟随他到了另一座小城，妈妈失去了她的菜园，我失去了左小珍。当然我很快就有了新的朋友，妈妈也有了新的爱好，她和一群家庭妇女学会了绣花，她用拿铁锹的笨拙双手捧着绣花的架子，一针一线地认真描绘着，一朵牡丹、一枝腊梅怯怯地开放在布面上。时光就在妈妈日益娴熟的飞针走线中过去，我考上了大学，离开了他们，在全国各地独自漂泊，只是懦弱的性格始终不曾改变。偶尔也会想起左小珍，想起她深深的酒窝和一笑就会冒出来的尖尖虎牙。

时隔十五载，再回秋水镇，是和爸爸妈妈去参加他们旧日同事孩子的婚礼。恰巧又是一个雾蒙蒙的秋晨，突然到来的寒流袭击，让人们少了过渡直接从夏装换成了冬装，相似的薄雾让我想起刚刚搬到秋水镇时的情景。

车到镇上，正逢赶集日子，车子堵在人群中间进退不得，爸爸和司机打了个招呼，带着我和妈妈弃车步行，一边看着两旁摊位上卖的商品，一边看着小镇的变化。就在这时，人群一阵骚动，前面冲过一个女人，她穿着不合时宜的淡紫色长裙，披散着头发，咯咯笑着拨开人群跑过来，到我面前时，停住脚看了我一眼，依然咯咯笑着，那尖尖的虎牙让我有似曾相识的感觉。她只是对着我笑了两声就又继续往前跑了，身后又冲过一个年老妇人，嘴里喊着："小珍，小珍……"我霎时呆愣在那里，迟缓了想要追赶她的脚步。旁边的路人叹息说："唉，挺好的姑娘，自从她父亲被判了死刑就疯了，可怜了她母亲这些年照顾一个疯女儿……"

犹豫间，她们母女的身影已经消失在集市的拥挤人群里，而我们曾经勾着肩说过永远是好姐妹的话却愈来愈响地回荡在我的心上。那远去的咯咯笑声砸在厚厚秋雾里，溅出一串串水珠在我脸上，羞愧着我停住脚步的灵魂。

九月妖娆的曼佗罗

一、眼泪，在谁的心里肆意滂沱

九月，花开荼靡，校园四处角落，大片大片洁白或者娇红的花朵怅然绽放着，却在我心底开成一片极致的苍凉，我背着书包被爸妈送到这所寄宿中学，心里委屈极了。

爸爸妈妈一定是不要我了，他们总在争吵，甚至有的时候，妈妈还会喊出离婚二字，即便这样，他们在爷爷奶奶、姥姥姥爷面前还是装出一副恩爱夫妻相，可是回到家，他们却无所顾忌地咒骂对方的冷漠与自私，他们吵得好凶，我只好躲在角落里等他们气消散，想起我的时候再把我找出来。

可是现在，他们要把我推到这所寄宿中学来，我有种不好的预感，爸爸妈妈真的要离婚了。

放下我的行李，爸爸说要带着我和妈妈去校门外的餐厅吃顿饭，我低着头跟在他们后面进了一家比较高级的餐厅，一个穿着藕色长裤的女孩子拿着菜单过来请我们点菜。穿这种颜色裤子的女孩真少见，可是，她的腿真长呢，我偷偷地看她的脸，眼睛笑眯眯地弯着，眉眼间皆是我熟悉的感觉，只是我一时没有想起是像谁。

爸爸妈妈低着头点完菜，把菜单还给她，妈妈看了一眼她，愣了一下。这时候里面有人在喊陈良良陈良良，女孩转头哎了一声跑掉了。我突然想起了，女孩长得跟妈妈年轻时候的照片很像。我咧嘴笑了，说：“妈妈，这女孩长得真像你呢！该不会是我失散多年的姐妹吧？”爸爸妈妈俱是一愣，没有讲话，对视了一眼，颇是意味深长。

爸爸妈妈离开的时候，我扯着他们的手，像小时他们带着我去公园散步时那样，只是小时候的我，走在他们中间，总想挣脱他们的手，脱开他们的牵绊往前奔跑、撒野，他们总是笑着扯紧我的手说，乖哦乖哦。现在我拼命拉紧他们的手，把他们往中间拉，他们却面无表情地向两边板着身子。

眼泪在我的心里瞬间成河，爸爸妈妈，你们怎么能够舍弃我！

二、良良，妖娆的花开在校园里

住在寄宿学校里，清晨不是在妈妈温润的喊声中起床，替代她的是一整栋楼的嘈杂和窗外啾啾的小鸟雀。早餐没有了妈妈亲手做的葱油饼和蛋花汤，捧一碗食堂的清冽米粥，我一脸的倦容，根本没有半点胃口。

陈良良就在这时捧了一碗米粥和两个馒头坐在了我的对面。她低着头飞快地吃着馒头，大咬一口，挑一口食堂免费的小萝卜咸菜，咯吱咯吱嚼得津津有味，然后呼地喝一大口稀粥。

真不文雅。我在心里偷偷地想。

她没有认出我，风卷残云般吃完了面前的食物，端起托盘就要离开。我悄声喊：“陈良良。”

她走回来，弯下腰眯起眼睛审阅我半天。她一定是近视眼，我在心里想。

“小不点，你怎么知道我的名字？”她问。

我吭哧半天，不知道回答。她居然也没等我回答，转身就走了，长长的马尾巴在身后甩呀甩的，现在很少有女孩蓄这么长的头发。

我数着指头算日子，要等一个月爸爸妈妈才会把我接回家。不过，住在寄宿学校里也有一点好处，就是晚上不想睡的时候，可以在宿舍管理员查过铺之后偷偷起床溜到校园里。

都说月光是清冷的，可我怎么觉得，夜里月光照在身上也是有温度的呢？月光下，一树树花儿暗香疏影，从小受妈妈的影响爱极了这些花花草草，以至于总被人说我染了脂粉气，可是谁规定男孩子就不能喜欢花呢？转过一片花丛，远远看到秋水湖的读书亭里人影晃动。

是一个女人的影子，穿着一身戏装，长长的水袖随着腰肢扭动甩来甩去，在苍茫夜色里划出一道道白色的影子。

我从来不相信鬼神的传说。可是这时候我却想起了前段时间，在宿舍夜谈时听说的各种版本的校园女鬼事件。这时候亭子里的人扭身时长长的头发甩动，我心中突然浮起一个人的名字。

顺着木制水台走过去，离亭子还有一段距离的时候，我轻轻喊了一声："陈良良。"

就只听见亭子里的人停了舞动的身姿，"啊"地尖叫了一声。

果然是陈良良。

再后来，我经常能在学校各种活动上见到陈良良的身影，她唱昆曲。在一群十四五岁的少男少女的簇拥下登上台，咿咿呀呀地唱着我听不懂的句子。

"真像个妖精。"身后有个男生这样说。我转回身去用我尖尖的指甲没命地挠他，然后抱住头被他们三四个男生打翻在地上，他们喘着粗气骂我："男人还留指甲，娘们一样！"

三、难道，你真是我的亲姐姐

我与陈良良有种莫名的亲近感。

我经常跑去高我两年级的她的教学楼找她，站在她班的门口大声叫着："陈良良，陈良良，晚上我在食堂等你吃饭。"她班里就响起一片笑声。

再后来，我一出现在她的教室门口，就听见里面有男生在喊："陈良良，你的小女婿又来了！"

她告诉我："往后你别来我班里叫我了。"我心里委屈得已经要拧出水来，可还是呲着牙问她："为什么呢？"

"你傻呀！"她说我，然后扭身走了，头发一摇一摆的，像她在台上唱戏时。

陈良良的妈妈是唱昆曲的。这曲种在我们这里真是少见，听她说起过，她当年随她妈妈和戏班跑遍了全国各地，只是，她长大了，要上学了，她妈妈就舍弃了戏班，回老家安定下来。

陈良良受她妈妈的熏陶也会唱昆曲，她还有一身戏衣，据说是她妈妈亲手给她做的。她妈妈每年都给她量身定做一套戏衣。陈良良说她妈妈非常热爱唱昆曲，只是为了陈良良，只能舍弃自己的戏台，回到小城，做一个普通的女工，在清苦的日子里，盼望着陈良良能够快快长大，继承她热爱的事业。

"你爸爸呢？"我问陈良良。

她看了我一眼，没有回答。

一个月的时间居然就这么悄没声息地过去了，爸爸妈妈来接我回家过月末假，我居然对这学校有了一丝不舍的情绪。

爸爸妈妈还是吵架。

晚上我躺在楼上自己房间里，听到楼下争吵摔打的声响，悄悄下楼，站到楼梯拐角。听到妈妈在大声指责："……还不是因为你妈非要孙子，如果不是这样我又怎么十六年和女儿不能相见？"爸爸骂道："当初送走良良还不是你心甘情愿的！还不是你贪恋我们家的富贵荣华！……"

良良，陈良良？

难道她真的是我的亲姐姐？我扑到楼下，问妈妈："是我们学校的陈良良吗？她是我的姐姐吗？”爸爸妈妈无语。“你们当年把她舍弃给谁了？舍弃在哪里了？”我追问，妈妈垂泪，爸爸继续沉默。

四、姐姐，我们回家

可我还是知道了当年所有的事情经过。我去找了奶奶，告诉她有个叫陈良良的女生，每天吃馒头就咸菜还吃得那么香。

奶奶听到良良这两个字的时候就已经落下混浊的眼泪。她记得她当年的霸道，她记得她当年把一个叫良良的孙女舍弃在儿童福利院的门口，她也清楚自从孙女送走之后儿子媳妇就开始貌合神离，即使后来有了我。

月末假结束后，我回到学校，第一时间跑去找陈良良，我告诉她，她就是我的亲姐姐，一定是。

陈良良听完我的话后泪流满面，我捧着她的手说：“姐姐，咱们回家吧。”陈良良却反问我：“你敢逃课吗？”我点点头。

绕过半个城，在城西偏僻的一处院落，我见到了陈良良的“妈妈”。她正在院子里晾晒着刚洗的被罩床单，我躲在门外，陈良良进门叫了一声妈，她就甩着湿漉漉的双手奔过来，扯住陈良良一迭声地问：“怎么刚回去上课就回来了？受人欺负了吗？”那么羸弱的一个女人，我看到她裸露着的手臂上瘦得青筋遍布，弱小到仿佛我一探手就能把她捅倒的样子。

陈良良说：“妈，我忘了带一本书，回来拿。”

我躲到大街角落，看着她把陈良良送到巷子口，陈良良再三往回推她才转身往家走。

回学校的路上，陈良良给我讲她童年里随着戏班到处奔波的事。

半夜里陈良良发了高烧，在陌生的城市，半夜昏黄的路灯下，瘦小的她背着陈良良四处寻找诊所……

为了陈良良这个拖油瓶，曾经是台柱子的她拒绝了多次嫁入豪门的机会，做了一辈子单身妈妈……

为了陈良良能够像别的孩子一样可以正常的上学，她放弃了自己爱的舞台在一个城市安定下来,甘心情愿地在一家打火机厂做女工，组装打火机的时候手指肚被磨起血泡，破了，裹一条旧布就在浓水与血水的浸泡下继续工作……

最后，陈良良流着泪说：“她是我的亲妈妈……”我抱着陈良良的胳膊，也哭了：“可你是我的亲姐姐呀！”陈良良反问我：“可我能够不是她的女儿吗？没了我，她会死的。而你，你的爸爸妈妈，没了我，都会好好地活，活得更好。”

第二年春天，爸爸妈妈终于还是离婚了。

得知这个消息，是在一个月末假来临的时候，校门口，他们开着各自的车子来到我的面前，问我要跟谁走。

那一刻，心里突然涌起的酸楚使我的眼泪瞬间漫过了眼眶。我扭头跑回校园里四处寻找着陈良良，她正背着书包往外走，我涕泗滂沱的眼泪吓坏了陈良良，她连声问我怎么了，怎么了？

我告诉她爸妈离婚了，我没有家了。

她闭上了眼睛，把悲伤合在眼里。许久许久，陈良良仿佛下定了决心一般，伸出一只手说：“姐带你回家。”

……

“姐姐，这花从我来上学的时候就一直在开呢！”

“它不挑剔季节，可以从3月开到10月末。”

“姐姐，这是什么花啊？”

“它叫曼佗罗，和曼陀罗只有一字之差，却有着天壤之别，曼陀罗的花语是诱惑与邪恶，而曼佗罗却是美德和高尚的爱，妈妈告诉我，是非对错常在一念间，一念起，邪魔落地，一念落，爱满人间。过去的，就让它永远成为过去吧……”

青春不只凉与伤

青葱岁月里总会有那么一两件事伤了少年的心，不谙世事的我们在当时把那份伤害看得如同心头的刺、掌上的钉，那么痛、那么真切地放在心上。可是，当我们随着岁月走过，青春成为往事，回头翻看，那份伤痛却似一剂良药，促进了我们更加快速地成长。

学校要举办一场校园原创诗歌朗诵比赛，每个班级派一名代表参赛。在校文学社任职的程思先同学们一步知道了这个消息。她深知自己的能力：论写，她是文学社诗歌写手的主力；演讲，她曾经在市里得过中学生演讲大赛三等奖，代表全班参加本校的这个比赛，是理所应当的一件事。程思早早准备好了一首新写的诗，就等班主任宣布消息。

隔壁班选了耿真做代表，真让人沮丧，这个家伙，哪里都有她！从入校开始她就一直视程思为对手，两人一路你追我赶，特别是在文学方面，耿真一直要比程思强，程思在《少女文学》发一篇稿，耿真马上就会在《中学时代》发一篇，真的让程思心里不舒服。幸好，程思有一副好嗓子，是浑厚中透着甜滋滋的女中音，所以在演讲方面，程思要胜耿真一筹。

班里选派谁做代表参赛还没有确定。一次程思在课间休息时间去老师办公室交作业，正巧教导主任在问班主任："你们班谁参加这次比赛？"班主任李老师说："还没定呢。"刚巧教导主任认识程思，便说："那就定程思吧！她不是经常参加演讲比赛吗？"班主任随声答着好，教导主任写了名字就走了。

那天文学社搞活动的时候，社长康子伟问程思："你们班里是谁参赛？"耿真在一旁说："还用问？她们班里谁能比得及我们程大诗人的甜美嗓音？"不管她的话是否含了讽意，程思心里却很受用，没有迟疑地说："是我。"康子伟拍了拍程思的肩，说："程思加油！”耿真跳起脚擂了康子伟的胸，叫道：“讨厌的，老大偏心，为什么只给她加油？”康子伟头一侧，甜甜地笑着，笑得程思心里泛起了一连串的水花。

喜欢康子伟吗？康子伟喜欢自己吗？程思在心里偷偷地问自己。答案是不知道，可是她却知道耿真是喜欢康子伟的，如果康子伟爱上了程思，那么耿真是不是又输了她一次？想到这儿，程思脸红了下，心虚地呸了自己，这么不阳光的念头都能想得出。

班主任李老师叫她去教师宿舍楼，她去了，早她一步到达的还有同班同学小荷，正乖巧地站在那里。李老师笑着拉过程思和小荷，让她俩坐在她铺着红格子床单的铺上，说：“学校要举办一场校园原创诗歌朗诵比赛，你俩是班里的才女，今天呢，先在老师这里试一下，看是谁去参加。你俩谁先来？”小荷说：“程思你先吧。”程思也不推让，掏出早就准备好的诗稿轻声地诵读起来。

程思读毕，该小荷了。她站起身，拿着诗稿，清了清嗓子，刚要读，看了一眼李老师，突然笑场了，笑过之后就再也不肯继续读下去。李老师微微有些愠色，让她先回去了。而后拉过程思，亲切地叫着思思，说：“思思，你看，你那么优秀，校内校外的荣誉已经得过不少了，也不差这一次，不如，这次就让给别的同学，你看怎么样？”程思脸憋得通红，她能说不好吗？李老师就那么笑吟吟地拉着她的手，甚至带着讨好的神态这样问她，她能说不让吗？

“嗯。”程思点了头。李老师又继续说：“思思，你的文采那么好，班里写诗没有人比得过你，为了让参赛的同学多一分胜算，把你刚才的诗稿送给她们，就算是班里的荣誉，好吗？”程思的眼泪已经在眼里打晃了，这算什么？不让她代表全班参加比赛，还要她把自己的得意之作拱手送人，让抢了她机会的人拿着她的诗去参赛？可程思张开嘴，却不由自主地答了声：“好。”

出来教师楼，程思低头咬着唇往校园的角落走，眼眶憋得红红，直到胳膊被后面追上来的人拉住。回头，是康子伟。他看到程思红了的眼眶立刻消落了一脸的笑容，惊讶地问：“谁欺负了你？”一句话问得程思的眼泪如校园里飘落的合欢，扑簌了一地。

程思只说了一句：“我不能参加比赛了……”就哽住了喉。再任康子伟怎么追问都没有第二句回答。

倒是耿真听说了之后直直地来问她，程思只说班里派了小荷做代表，耿真马上“切”了一声：“李老师的侄女！”程思才明白过来李老师这次的“用心良苦”。

比赛那天，在学校唯一的阶梯教室里，小荷穿得花枝招展走上讲台，程思在心里想着，如果是自己，必定不会那样穿着。

当她结束最后一句时，**……都只见它在阳光下的灿烂笑脸，当太阳收起最后一缕光线，谁懂它一低头时的忧伤**。掌声如潮。

程思忍了又忍的泪水在人群角落肆意滂沱。

耿真得了第一名。可她没参加领奖便同康子伟一起跑出来寻找程思，独自躲在教室里抹泪儿的程思看到同时出现的他们，感动得一时不知该说什么好。耿真说：“那首诗是你写的！我们一起去找校领导，告她抄袭，让她得不成奖！我们给你作证，那诗是你写的！”康子伟在旁边点点头。程思看着耿真因为跑步而涨红的脸，摇摇头说：“是我给她的。”耿真毫不掩饰自己的诧异，激动地指着程思说：“搞什么啊？你以为你很伟大啊？没见你这么怂的！”

虽然被耿真训斥着，但程思心里却感觉暖暖的，她拉过耿真，拉过康子伟，坚定地说：“我们约定，我们要努力地写，要往最好里写，直到我们写出任何事情都掩盖不了的光芒！”

十年之后，当作为80后知名女作家的程思回到母校参加讲座时，李老师已经年近退休。看到她苍老的样子，程思心里的芥梗早已软化成一团丝线，她咽回了准备了十年的那句“谢谢你给的不公平才有了我的今天”，换成一句俗气的客套：“谢谢老师的培养。”李老师的眼中泪光闪动，不知道是不是因为当年的事情在心头晃过。

决不将就的青春

从看到她文字那天便对她深深迷恋，她聪明多才，画画、写作、书法样样拿得出手，爱古文、喜摇滚、学禅宗……爱好多得让人看了都替她忙不过来，她却在这些行当里一样样耍得春风得意。

她兴致来了要学瑜伽，业余时间练了三年，居然好到可以去帮忙客串一把教练；她事业成功，当了两年全职妈妈，然后创办自己的策划公司，短短三年，便成为西安顶尖品牌策划；她用自己赚的钱买了几套房子、车子，用她自己的话说，进商场鲜有想买却买不起的东西；她家庭幸福，老公是她读美术学院时的同学，毕业即自己创业，如今亦是一成功商人，结婚九年，依然宠她如初，是朋友圈里的模范家庭，经常在一桌客人面前为她一一咬去她不爱吃的饺子边儿；她忽儿正经八百地跟你讲石康、讲南怀谨，忽儿又一脸迷蒙地跟你讲她的初恋，那温温婉婉的小女人相，仿佛一个初识爱滋味的少女，而熟悉的人知道，她儿子已经都可以打酱油了——她实在是个让人无法定义的女子，却让同样身为女人的我也爱她至极。

我们是网友，2006年在天涯看到她的帖子，字里行间透着一股犀利的气息，这是一个非常有个性的女子——我断定。

想方设法寻来她的QQ号码，果然是一个极独特的女子，不矫揉不造作的男儿性格，同时又是那么的感情丰富。她悄悄告诉我，空间里那篇《说对不起晚么？》是在一个有暖阳的午后，悄悄写给初恋情人的；也听她说过，那年地震时，顺着左摇右晃的楼梯跌跌撞撞下楼，她心里想的、嘴里喊的全是老公的名字。

六年的时间里，断断续续和她聊着，眼见她从一个锋芒毕露的个性女子慢慢变成如今精通国学、性情温和的事业女人，实在是为她开心。那天在网上对她说："阿姐，我要写你，这么年轻事业就已经这么成功，你，是篇好的励志故事。”她却说：“我不励志，我就是个浑不吝地按自己心活着的人。说白了，搞策划的就是手艺人，所要做的就是把手艺练好就有饭吃，对别人没有借鉴作用。”

我想了想，半调侃着说：“那我就写你的感情，女强人的感情故事一定超级好卖！”却没想到她会那么老老实实地说：“我前后恋爱那些个，除了一个是搞音乐的，其他都是画画的，初衷也就是爱跟人家交谈，可没个身份实在不好老跟在人家后面跑，就冠了女朋友的身份，算恋爱了。这是我后来才想通的——我根本不爱恋爱，只爱跟人交流。我喜欢自由，不喜欢爱情，但不可否认，我曾用整个青春去恋爱，多有意思的路。”

看着她传过来的老照片，五六个年轻人，抱着吉他，身后是一片白桦树，他们的眼神随长发飘去的方向坚定地仰望着天空。

我的另一个网友，是她的发小，一个性情温和的男人，我夸赞他，敦厚，不尖锐，不轻浮。忽尔想起她曾经的犀利和若干段恋爱，又觉得自己措辞不当，不知道该再讲些什么，她却轻松地接了句：“我以前是个事儿精，觉得自己特独特，跟常人不一样。前两年公司遇到过一次困难，百转千回地走过那场困境后，才慢慢变成现在的样了。”随后她又调侃自己：“我很逊，爱情靠数量觉悟，工作靠困境觉悟，可我终归不愿大好青春将就着浪费过去。”

青春短暂，就像那一株株白桦树上的叶子，未曾尽情招展便已随着萧瑟秋风飘落一地成为回忆，那么在秋风到来之前，让我们把根努力扎深一些，汲取更多的营养，让人生的枝干更丰饶一些吧！

人生如茶 时光最美

您看，我总是愿意讲故事给别人听，而今天这个故事，开始是这样。有一个女孩，写了几篇不酸不咸的文字，也陆陆续续地登了几回报纸，在一片或真心或委婉的吹捧声里，心便像肥皂泡泡一样飘飘然了，真以为自己有着当作家的天份，揣了想要出书的想法，更梦想着可以凭借这本书一举成名。

可是您肯定也知道，现在会写两笔文字的人太多了。曾有人戏称，眼下，这出书的人比看书的人都多，能写两篇文章变成铅字的更是泱泱难计。这女孩虽然碰巧儿了，登了些回报纸杂志，哪能总是那么好运呢？这不，有段时间，她就刊不出文字来了。

写字儿的人都有过相似的体会，每当百度自己名字，见有新文刊出，心中得意之情，难以掩盖。您一定懂得。

每隔那么一段时日，若遇低谷期，四处不见喜，心里便惴惴难安，更是一日三次四次地跑去百度，甚至，怀疑那百度出了问题。

一日，女孩心中郁闷，搁了笔，跑去与朋友聚会，闲聊时，说出心中恼闷，其中一位朋友、诗人、商界奇才，平日里严肃不多言，那天却说出一大串话，字字生香，驱散了女孩心中笼罩的雾霭。

他说：同样一撮茶叶，一种用来沏功夫茶，一种随手找个玻璃瓶一泡，喝者，就是两种心境滋味。为什么呢？沏功夫茶前，我们要洁器、候水、淋杯，做这些看似浪费了时间，可当茶出韵、水闻香时，之前所做的这一切便都有了意义。

他说：做人、写字，亦如此，涉人世，历岁月之水冲沏，去污求净沉淀自心、升华心灵，自有功成之日。若急，也有捷径可寻，只是，一味追求结果的人生只能如同那玻璃瓶中的茶，饮了痛快，失了精髓。

诗人的这番话，在您听来，是否也和女孩一样，如同给内心做了一场冲淋呢?

估计您一定也猜到了，那个女孩，是我。自此之后，我便抛开杂念，认真读书，潜心揣摩，果然，文字又开始发表了。

人生如茶，历经时光流转岁月沉积方能步步生香。

谁都有粒小石头

清晨，阳光很好，对着镜子一看，脸上又多了一些细细的皱纹，心情顿时黯淡了许多。上了班，琐事一堆，埋首一上午，却发觉什么也没干好。急躁，总觉得这也不舒服，那也不顺心。

忍不住和一个朋友在网上抱怨，说烦，说不顺心。谁料，他也跟我说，一样的心烦，一样的不痛快。我实在惊讶。因为，他的生活在我看来是那么的顺利、那么的幸福。高学历，工作好，媳妇又漂亮又有能力，他随手得来的东西，有些是我拼却一生却难得到的。

就比如说，我曾经教了五年书，却终是被一纸难以考取的教师资格证给挡在了校门外，而他，却是在刚毕业时闲得无聊拿来打发时间的随便一考，就到手了。他的单位，在德州这座小城，虽不是薪水最高，却是福利待遇丰厚的事业单位，实在想不出他还有什么可不满意的东西。

我把心里的想法说出，说他不知足，他却真诚地说："我和妻都是外地农村的孩子，住在出租屋里，倒也不觉苦，可这每日时断时续的供水实在让人郁闷，每天下班骑着自行车一头大汗地回到家里，想洗个澡，却没水……想要买房子，可我们连首付都拿不出，再想想以后高额的月供会把我们的生活压榨得毫无品质，就会发愁。"

当他一连串说出这么多实实在在的烦恼事，我却突然一下子释然。

正如这个朋友所说，每个人都有每个人的烦心事，即便他在别人眼里生活得再风光，也会有些烦心事，像鞋子里面硌脚的小石子，虽然难以忍受，却不便在众人面前脱下鞋子抖出。

千里奔团圆

七天的假期，十六个小时的车程，一张站票，重得勒手的行李。但是，我顾不得那么多了，我已经有一年没见到妈妈了，心里只有一个念头：我要回家。

拼着吃奶的力气连人带行李挤上火车，只感觉头晕晕的，一股子烟味儿熏得我直想吐。行李架上满满的，只能把背包和礼盒塞到别人的座位底下。

随着人们拥来挤去，脚下新穿的一双白球鞋很快就多了别人鞋底的印迹。拥挤的人群中有个女孩子的声音在喊："不行了，挤死了，再这样我要下去了！"车到上海站，看着车窗外拼命往上挤的人们，刚才喊着要下车的女孩子也乖乖地随着人群一点一点的往里挤，让一点，再让一点，好为后来上车的人们腾一些空间出来。

我拿手机拍下车厢里的拥挤，然后用手机QQ发给弟弟，弟惊呼："天啊，这一片黑压压的脑袋！"然后他传照片给我看，小侄女捏着半块饼干，嘴里鼓鼓的，嘴角还涎出一串口水，胖胖的样子很是喜人。想象着把她揽在怀里肉乎乎的感觉，心底漾出一片温馨。

火车一路呼啸着北上，过南京大桥时，已是华灯初上时节，听得车厢里面有人说："看，南京大桥！"我也跟着往车窗外看去，黑乎乎的，只看得到远处、近处盏盏飞驰而过的路灯。

我跟家人在网上直播：已过南京大桥，距离德州还有八百多公里。

夜深了，车厢里慢慢静了下来，到处都是席地而座的人。在火车与铁轨碰撞出的咣当咣当声中，我迷迷糊糊糊地睡着了，又迷迷糊糊糊地醒了很多次，天终于亮了。

七点多钟，火车到达德州站，两个礼盒不见踪迹，我只背着自己的背包下了车。迎着清洌的晨风，远远望见在出站口翘盼的家人，心情顿时舒爽。路再远车再挤，只有回到家里，看到父母扬溢在脸上的笑容，四处的声声鞭炮里才有了过年的喜气。

第八辑

找不到的香味

用爱软化她的刺

函授群里的同学们散布在大江南北，脾气秉性各不相同，博大精深的汉字又常常一语多意，交流的时候常常会产生误解，写字的人们又多敏感，聊天时碰撞出些小小的火花就在所难免。

这天在群里，小蕊同学发了一个链接，请大家帮忙投票，打开一看，原来是小蕊和老公参加的幸福婚姻评选活动，养眼的照片、美丽的文字尽情地描述着小蕊的幸福生活。网站上最大的字幅写道：得票数最高的夫妇可以获得巴厘岛十日免费游，更让人激动的是，小蕊夫妇得票数当时高居第二位，同学们热情高涨，纷纷投票。

连续几日小蕊本人及热心同学都在群里呼吁大家投票，看着节节攀升的票数，大家很是开心。

第三天，当同学们又在群里为小蕊拉票时，一向尖锐的小莫讽刺说：还以为是给文字投票，原来是给老公投票！票数高了就是幸福婚姻了吗？你的幸福婚姻是靠大家的票数来成全的吗？一席话说出，说得小蕊满腹郁闷，却又不好回应。

当年，双耳失聪的小蕊远离家乡在云南工作，通过网络认识了在青海老家的男友，两颗年轻的心通过遥远的网络燃起爱的圣火，终于在一年前喜结良缘。这次参加活动，是小蕊幸福的流露，不成想却受到同学这样的抨击，心里自然难过，可是一向温婉的小蕊却没有回复任何有针对性的语言，只是悄悄地沉默了。

我和另外几个性子比较急的同学，见小莫言语刻薄，跑到群里说了几句比较重的话，小莫更尖锐地回了我们几句。小蕊见我们起了冲突，不住地劝慰我们不要生气，让我们看在同学情分上不要再和小莫吵。大家不忍看小蕊为难，这场言语大战好歹才算结束。

第二天晚上刚一上线，小蕊给我发来一连串信息："姐姐，我们原谅她吧！原来小莫是一个患有先天性心脏病的女孩，她不能结婚，不能生孩子，甚至不知道自己的心脏能够跳动多久，就像她自己所说，她对我刻薄，是因为一个不能结婚的女人对一个婚姻幸福女人的嫉妒啊！她太可怜了，我们原谅她吧。"

从我们知道小莫情况的那天起，便怀了一颗怜惜的心来看待她，每当她在群里使小性儿说刻薄话儿时，大家便约好一样发个微笑的表情给她。而小莫失去了对手，居然也慢慢变得温和起来，当她通过别的同学得知小蕊的情况后，居然也开始为小蕊拉选票，还特别热情地组织了北方地区同学会。等到那期写作班结束的时候，她成为我们最喜欢的同学。

每一个尖锐的人都有她刻骨的痛苦，当你碰到她的痛处时，那根刺就会从她心里钻出。那刺，拔不掉，只能用爱去慢慢软化，刺消失后，会开出美丽的友谊花。

找不到的香味

早上睁开眼，便忙碌地像行军打仗一样，好歹洗了脸，把摆在镜子旁的瓶瓶罐罐打开一一涂抹在脸上，不等擦完，舍友已经在身后等着用镜子了，赶紧让开地方，简单收拾一下头发急匆匆地奔向食堂。

坐在办公室里电脑旁忙碌的空隙，偶一抬头，嗅到一股淡淡的类似桑葚味道的香味，幽幽的很是好闻。大冬天的，必定不会是真的桑葚，只能是哪位美女同事擦了这种香味的护肤品。“志静，你擦得什么护肤品啊？味道真好闻！”我问离我最近的同事，她告诉了我一个牌子，我暗暗记在心里，想着等哪天去买来试试。

忙碌起来时间总是过得很快，一个上午很快就过去了。下午去隔壁办公室发传真，同事刘姐拉着我问一个订单的事儿，我又闻到了那股清新的桑葚味道，难道刘姐和志静用的相同的护肤品？我问她，她也告诉我一个护肤品的名字，却和志静说的根本不是一个品牌。有点困惑，却来不及细问，又继续投入到紧张的工作中去了。

冬日的太阳总是很懒，早早地就回到西山云彩温暖的怀抱中去了，五点半公司广播响起下班的音乐声时天已经要全黑了。回到宿舍洗了把脸，舒展一下胳膊，顺手拿起桌上新买的护肤乳拍一些在脸上，这时候突然发现，这瓶护肤乳就飘散着淡淡的桑葚味，原来今天一天闻到的香味就来自自己的脸上。

我不禁哑然失笑，这一天几次闻到这股香味，自己首先想到去问别人，却丝毫没有想到会是自己脸上的护肤乳。有时候，总以为好东西在别人那里，却不知道就在自己身旁。生活中，多有这样的情况发生。就像有些人，看着别人的生活羡慕得不得了，却忽略了自己身边最真切的幸福。

瘦西湖，注定难忘的相逢

与瘦西湖相逢完全不在我们的计划当中，却在一见之后，被她那轻轻柔柔、妩媚多姿的神态媚了心神、迷了魂魄，以至于离开之后总在梦里的瘦西湖畔捏一枝花儿欢喜游走。

这是我们中国人民大学网校同学们自发组织的一次毕业之旅。几个同学虽然同在一个班里学习，却是来自各行各业，有老师、有职员、有调酒师、有企业家……如果不是因为同样的学习走进一个班里，我们可能永远不会产生交集。最初我们的旅游目的地是上海和南京，却因为一个同学酒至半酣哼唱了一句“烟花三月是折不断的柳，梦里江南是喝不完的酒，等到那孤帆远影碧空尽，才知道思念总比那西湖瘦……”顿时惹起了大家的兴致，改了计划，到了扬州。

三月，当我们从绿意乍萌的北方来到扬州，接近这样一个繁花锦簇的瘦西湖，顿时就被眼前的美景醉了心田。进园之后走在一条沿湖蜿蜒路上，导游说，这便是有名的长堤春柳景区。春风温温婉婉，把湖畔的柳枝拨动得轻摆细腰。一路桃花、迎春、油菜花争相斗艳。西侧一种我从未见过的白色花儿在一片姹紫嫣红中格外惹眼，边缘处洁白的花瓣晶莹剔透，中间包围着一簇细小的花蕊，问了导游才知道，这便是扬州的市花，名为琼花。刚刚赞完这洁白如玉的琼花，又一片紫色的小花映入眼。随后又是一片娇嫩嫩的迎春花，每一种花都盛开得极致美艳……而右手边，桃花、杏花一路伴着青青柳枝，在湖畔盛放，红的艳丽、粉的娇柔、白的如雪……不由得让人想起那句：“两堤花柳全依水，一路楼台直到山”。

江南的桥多秀美，这一路依水而行，各种各样的桥俯身水面，不管是虹桥还是五亭桥，它们一定都是对这瘦西湖里的水倾心到不能自己，才愿意扑到这水面上去贴近着水、亲近着水泛起的每一道涟漪。穿过徐园经过了虹桥，抬头又见东面一座古老的木桥，一对小情侣在桥上嬉笑着互拍照片。不知道男孩子怎么惹恼了女孩，突然地女孩就生了气，嘟起了嘴，抱着木桥的栏杆不肯再走。木桥的栏杆只是一段段简单的木桩，却被时光磨得光滑圆润。走上前去，我轻轻抚过木栏，想象着千百年来木桥经过多少风雨洗礼，又见证过多少人的相遇、多少人的悲欢离合。

下来木桥，同伴们沿着窈窕曲折的一湖碧水前行，一路笑闹着相互拍着照片。穿过徐园，只听导游说，前面这株古树当年被一场雷击中树身，拦腰处削掉了树冠，成为一桩枯木，然而多年后，一株常春藤由树下发芽，攀着树干慢慢长大，碧绿的藤蔓一层层绕在树干上，游园的人们远远地看过去，还以为枯死多年的老树又发了新枝，枯木逢春一词便由此而生。听导游这样一说，引得许多声“噢，原来如此。”

莲花样的五亭桥就在一转弯时出现在眼前，《扬州画舫录》中记载五亭桥：“每当清风月满之时，每洞各衔一月。金色荡漾，众月争辉，莫可名状。”说是每到满月之夜，五亭桥下十五个桥洞中每个洞都含着一个月亮。只可惜我们是在白天游园，无福感受杜牧激情诗篇中“青山隐隐水迢迢，秋尽江南草未凋，二十四桥明月夜，玉人何处教吹箫”的美景了。人生不管何处，总要留一处遗憾才会更让人久久回味，这次，就让那“天下三分明月夜，二分无赖是扬州“的瘦西湖夜景成为我们此行的缺憾吧，让我们心里对瘦西湖的牵挂再多一点。

绕过后山，又是一番别致风景，一江春流映翠鸟，俏丽船娘展歌喉。三两艘游船轻轻划过湖面，这便是传说中的春流画舫了吧？站在船头的俏丽女子一站一坐，一唱一评弹，引得岸上人们纷纷掏出相机拍摄，顿时一片咔咔快门声。女子在一片闪光灯中倒是落落大方，扭身摆了个姿势配合着我们的拍摄，眉眼处一片水乡女子的婉约风情。

船过音犹在，无意间一低头，看见在湿润的土地上，一片嫩绿野花草中间有一株春笋刚刚破土而出，那一瞬间，心里满满地都是为这新生命萌生的激动。湖畔莺鸟的啾啾声、草丛中虫儿的鸣叫声、心里因为激动的怦怦跳动声，以及天地间我此前从未察觉的一切生灵发出的声音，叩击着沉睡的心灵，引发一阵直达我心底的颤动。在归途，我期期艾艾地念着那句：江南好，花月梦扬州。我知道，这美到极致的瘦西湖，此一相见，注定成为一场让人思念终生的相逢。

上海，一别之后，再会无期

仿佛知道我此行的目的。上海，我刚一走近它，它便哭落了一场连绵细雨。

伸出手去接住那一颗又颗的泪滴，谁说泪都是晶莹的？掺了那么多的心事与杂念的天泪混浊无比，在手心里晃动、滚落。我没哭，上海为什么哭了呢？

五年了，封锁记忆、封闭自己，以为这样就可以不痛，不难过。可是为什么，当火车越行越远时，却没来由地心慌。

在火车上与朋友喝到微熏，然后迷迷糊糊睡去，直到虹桥站。

地铁上，一对小恋人手牵手、肩并肩坐在对面，女孩头倚在男孩的肩上，看着这么幸福的画面，心里却翻腾起一股股涩汁，如枳。这些年，拜你所赐，我变得敏感自卑、恐惧婚姻、害怕恋爱，虚度了太多时光。青春空白，活得一如窗外的枯榆，兀自灰暗。

几多年前，我正年少，跟一个年长姐姐相交甚好，偶尔听别人讲过她的伤心故事，年少莽撞地在她面前提及，看着她的脸色阳光消退，泪珠瞬间坠地，那样痛苦的表情让我措手不及。

那时候我还不懂，若一个人的心底埋藏着一段曾经，不管那过往曾是甜蜜还是忧伤，只要成了过往，在她的心里便是深深一道伤痕，沥尽时光之秋水，仍然清晰不能抹去；即使再阳光再强大的人，在她的记忆，那段往事的驻留地便是一座不能颠覆的伤心城池，不能重走，不能提及。

五年来我憎恨一切和你有关的东西，回避一切有关于你的地方，甚至连这座城的名字，我都容不下它。可是这次，朋友说：去吧，倘若能有勇气走这一回，会不会就能破了自己的心结？渡了自己过河，方能到达幸福的彼岸。

没错，是幸福这两个字诱惑了我，于是便有了这次上海之旅。我期望能够像朋友所言那样，放过了前尘往事，放过了自己。

出发前，在清晨的德州东站，我打电话通知亲友，凡是接到电话的人，皆是半分钟的空白，然后才试探着问："去那里……有事？"这犹犹豫豫试探的询问，让我突然间有想落泪的感觉，我的心结，他们都知道的。有劝阻，却更让我坚定了要去这一趟。想知道自己是不是真的如别人所说的那么坚强，更想要把心里的那道伤痕撕掉，不是原谅，是想要遗忘。

雨中的外滩，黄浦江混浊的江水卷起的夜风甚凉。我们走了许久，却找不到情人墙，一直走到英雄纪念碑，才发现，情人墙已经被我们走过了。再回头看，仍是一汪漆黑江水，一片金碧辉煌的街景，一两艘没有诗意只有耀眼灯光的船只。大大的广告，皆是某某银行。情人墙，是在我们嬉闹拍照时忽略过的？抑或是在我们各自神思恍惚时错过的？不得知，只是我知道，我们确实曾经路过它。

路过百年老店和平饭店，走进去，有一种走进时光画卷里的安宁怡静。大厅角落，一桌，一椅，一台灯置于案上，桔色灯光昏暗，爱极了这种意境，忍不住过去拍照，一落座便有一种时光凝住的感觉，灯光下，又走神了，神思不知道飘渺去了哪个星系。

朋友给我讲，742房间曾经做过周总理的办公室，我汗颜，我很少关注这些历史，只是从电视上偶尔看过，蒋介石和宋美龄在和平饭店举行的订婚典礼，但我没好意思说。

南京路上，故意不撑伞，任细雨粘粘地钻进发丝，落进衣衫，丝丝凉。街两旁华丽的橱窗贴着美女招贴画，我走过去，伸手触摸她的红唇，冰凉。有卖花的阿姨走过来，操着不知什么地方的口音向我们兜售，"先生小姐，买束花吧。"我们摆手说不要，急走几步，她却不肯放过我们，随着我们的步子，央求着，"看天还下着雨，我卖完就可以回家了……"良生心软，禁不得别人央求，他率先掏钱买了一枝，vita和迷糊姐姐也各自买了一枝，全都送给了我。攥着花儿，傻笑。他们不知道我笑什么，很羞愧地说，长这么大，这么爱花，却是第一次收到花。回酒店的路上，夜已深，捧着玫瑰站在路灯下狂嗅，可怜自己，枉为女人。

记忆里熟悉的镜头在脑海里一一闪过，青瓦小楼、后窗的河、香大路上的香樟树、香花桥的夹竹桃花、公司院落里那几十株大柚子树，杨夫利和朱由帅拿木条板给我捅柚子吃；墙角那一株株洁白的栀子花丛，小刘穿着白色中式小衫捏着一朵花边走边甩的画面；办公室窗前正对着的那株桂花树，南风中飘来的香气在记忆里馥郁了那么多年……前往？犹豫，最终释然。让我念念不忘的是那些曾经，即使有再多痛苦再多辛酸，也因为包含了那不能重来的年少时光而变得珍贵、美丽。

离开上海去扬州的车上，有同事发消息给我说，愿你在闹中取静，静中寻仙境。拿着手机，感觉温暖，车厢内一个小女孩一路喧闹，我却在这喧闹声里香香甜甜地睡去。

上海，一别之后，再会无期。

万　物　生

虽然窗外的北风尚且清冷，虽然过年的鞭炮声犹在耳，可一走出门去，明媚的阳光径直撞进眼睛，暖暖地，让人的心底不由自主地生出那么几分冲动，想要喊一句：春天来了！

“烈心厉劲秋，丽服鲜芳春”，不愧“太康之英”的称号，陆机这句诗把一个草木萌动、透着勃勃生机的春天描述得入景入神。自古以来，国人多爱春，翻阅古诗今卷，赞美春天的诗句比比皆是，从春意萌生的那一刻起，到姹紫嫣红的那一片瑰丽景象，人们纵情描绘着春天的美丽。

在每一个春天到来之前，我的心里都会生出五颜六色的希望与梦想，有关工作的、有关爱好的、有关家人的、有关自己的，如同一个个蓓蕾，坠在我生命之树的枝桠上。在它们没有绽放之前，它们是我的负重与压力，逼迫着我再勤劳些、再努力些。或许是我的梦想微小，又或许是我太幸运，这些年来，虽然经历了一些坎坷，在每一个岁末盘点时却也发现，年初的梦想与心愿也都在慢慢实现。

同样感激那些磨难，常常想，春天得了人们如此多的赞美，不正是因为有了冬天的铺垫？还会有另外一个季节能给我们这么强烈的希望感吗？没有。经历过冬天凛冽的寒风。看厌了灰蒙蒙光秃秃的田野与树枝，人们的心情压抑了太久，才对春天生出那么巨大的渴望。只有经历过寒冬的酝酿，草与木、花与树才会在春风拂过的那一刹，凝起聚积了一冬的力量，对着灿烂阳光努力地生长、绽放，以至于有那“新年都未有芳华，二月初惊见草芽”的惊喜。

在阳光甚好的时候，从屋子里走出，看着精神抖擞的奔走在大街的人们，那前进的每一步都像是踩着鼓点儿跳跃一样，让人看了忍不住猜想，那心里揣着什么样的喜悦才能走出这么轻快的步伐？

虽然刚出正月，走在街上的姑娘们已经穿上了鲜艳的春装，粉绿色、粉黄色、明艳紫、柠檬黄、宝石蓝和芥末绿……在花草尚且沉睡的时候，她们像一朵朵娇艳的花，不，是一朵朵会行走的花儿，开在马路边、开在湖畔，鲜艳着这座城市。

一只小狗穿过马路上的车流，惊慌间，被一辆急驰而过的汽车碾了腿，躺在马路上哀嚎，稍一犹豫间，已经有五六个人围了过去，用身体把它围了起来，以免这只可怜的小家伙遭受二次碾压。

春天在走近，万物在复苏、在萌生，仿佛在脱去厚厚冬装的那一刻，人与人之间、人与世之间都拉近了距离。伸起手，就像歌里唱得那样，想拥抱，怎能握着拳头？伸出手，让善良、友谊、爱情、梦想在温暖的掌心生长，盛开！

爱不隔离

那年我十一岁，得了一种很常见的病，甲状腺功能亢进，即通常所说的甲亢。之前在农村，这种病很常见，有人得了这样的病，除了吃得多再没什么其他症状，可我得了这种病之后，偏偏引起心脏并发症，心跳越来越快，安安稳稳地坐在床上测心跳，一分钟也要跳一百四十多下，稍微一活动便会嘴唇发紫，明显是缺氧症状。爸爸带着我在打听来得各地医院间行走，可是病情不只没有好转，却又添加了心跳间歇的症状，看着身体越来越虚弱的我，父母焦急万分。

终于通过多方打听得知北京的一家医院治疗甲亢非常出名，爸爸带着我就奔了北京。刚好赶上医院搬迁，新的住院楼还没有盖好，只能租住在医院附近的地下旅馆里。两周的时间，每天上班一样天天到医院检查、化验。为了那百分十八十五的治愈率，我咬牙忍住让护士抽去一管又一管的鲜血，爸爸每天换着花样买来炸鸡腿之类给我补充营养，自己却买来咸菜就着馒头一口一口地干咽。

将近半个月的化验结束的时候，我们一群病友被提前通知第二天要喝下我们的“救命药”，只是，这药在进入人体后会产生很强的放射元素，对于非甲亢病的正常人，这种放射性有可能致病，所以我们喝下药必须马上回家隔离至少一个月。

第二天喝下那小小一口透明的液体便马不停蹄地往家赶，回到家便直接躲进二楼妈妈提前准备好的“隔离室”，他们全都搬到一楼去住了。一天三顿饭我只让妈妈放在门口，然后把上一顿的餐具收走。

每天眼巴巴地在阳台看着对面马路上人来人往，掐着手指计算着隔离结束的日子早点结束。

可这时候我偏偏又感冒了。一天早上醒来，迷迷糊糊糊地躺在床上听着妈妈在外面喊我的名字，有气无力地答应着，翻身披衣下床却扑通一声摔倒了在地上。妈妈透过门上的玻璃看到摔在地上的我，冲进来抱着我往床上抱，我还嘴里还念叨着：“快出去，我有辐射。”然后又迷迷糊糊糊地睡去。

醒来时我挂着吊瓶，妈妈坐在床边上捏着我的手，一刹那小小的我不知道心里什么感觉，掉下眼泪。妈妈轻声说：“我今天就睡隔壁房间，妈陪你一起隔离，妈不离开你。”

剩下隔离的日子妈妈果然住在二楼照顾着我，直到我的身体彻底好起来，又像出笼的小鸟样雀跃着跑来跑去。如今我长大成人，漂泊在外面，每当工作生活遇到压力时，想想妈妈陪我隔离的那些日子，想着这世上有个人不计一切后果地疼爱着我，心里便暖暖地，浑身充满了力气。

有一种美丽叫秀梅

那年9月开学头一天，刚升小学二年级的我背着书包跟一群同学跑进校园，头一眼先看见了秀梅老师。她穿着一条粉色碎花的长连衣裙，抱着一摞书本正往办公室走，更重要的是，她的长发就那么柔柔顺顺地散在肩上，好美好美。喜欢传播小道消息的同学跑过来告诉我们，她是二年级新来的老师，那一刻，我的心都要乐开花了。

我自小就喜欢一切美好的事物，现在有一个这么年轻漂亮的老师来教我，更是欢喜至极。那时候，乡村小学里的老师少，一个班级所有的科目都是一个老师教，我们一年级的老师是个快要退休的老爷爷，他给我们只上语文数学课。可是自从秀梅老师来了之后，就完全不一样了，她给我们增加了音乐课，伴着脚踏风琴的乐声教我们唱

《听妈妈讲那过去的事情》。她还给我们上美术课，叫我们画出自己心中最美好的东西，当我把一幅歪歪扭扭的秀梅老师画像拿给她时，她居然夸我画得真好！

后来，她还带着我们去学校后面的树林里听小鸟是怎么对着它的妈妈唱歌、看野菊花儿的朋友蝴蝶是怎么向她示好、听鱼儿在小河里划过时泛起的欢快水声……回来后，她让我们每人写下第一篇作文《我听见了大自然里的声音》，大家虽然从来没写过作文，可是我们都写得有模有样，秀梅老师还把我的作文当成范文在班上读。

我好喜欢秀梅老师呀，喜欢她长长的头发，喜欢她发自内心的灿烂笑容。我们生怕她不喜欢我们，一个个拼了命学习，争着要考第一，要做她最得意的宠儿。放学回到家，她布置的作业我自动地写两遍，跟妈妈一遍遍讲秀梅老师夸奖我的话，讲她的美，讲她的好……讲得妈妈都吃醋了，说：那你去跟秀梅老师过日子吧！

升三年级时期末考试，我们班囊括了全镇前五名的奖项，秀梅老师也高兴坏了，带着我们五个人去她家里吃饭。那天中午吃的凉面，是秀梅老师的妈妈给我们煮的，秀梅老师一个劲儿地往我们碗里淘芝麻酱、夹菜……

升了三年级后没几天，爸爸调动工作，然后就是搬家，转学，远离了我最喜爱的秀梅老师。多少年后，当我选择了走向讲台，用我的笑容去灿烂学生们的生命，甚至也尝试着像她那样把长发散落在肩上。只有我自己心里最懂，因为，我一直在想念着秀梅老师，那一抹我记忆中最美丽的倩影。

七尺男儿的脆弱

1997年，紫荆花开遍大地之时，人人都在为香港的回归雀跃不已，我就读的镇中学也为了迎接香港回归准备了一场演讲比赛。班主任田老师当着全班同学对我们四个参加演讲比赛的选手许诺，只要进了前三名，就给我们每人买一台小收音机。

当我们四个人得意地抱着一个一等奖、三个三等奖回到班上的时候，老师开心地摸摸这个头，又拍拍那个肩膀，笑了半天，才说出一个"好"字。第二天上午的语文课，老师在黑板上写下苍劲的三个大字：庆功会。然后变戏法样捧着四个崭新的纸盒出现在讲台上，在掌声中，把奖品颁发给我们四个。

回到家，炫耀着老师给我们的奖品，我看见爸爸轻轻皱起了眉头。同是一个学校的老师，爸爸更了解田老师家的经济状况。那时，全镇教师的工资已经拖欠了九个月，田老师夫妻两人都在本校工作，父母在农村，一岁多点的儿子在乡下跟着爷爷奶奶生活，每月五百来块钱的工资既要给儿子买奶粉，又要兼顾自己的生活。三十块钱一台的收音机，四台就是一百二，在现在看来，真的不算什么，可在当时，这笔钱真的不少。

当时，别的学校的老师因为拖欠工资带着学生罢课，去镇政府讨要说法。我们听说后，也商量着要罢课去镇上替老师们讨要工资。没等出校门，就被老师追上，火冒三丈地把我们吼回了教室。

那天晚自习的时候，田老师第一次迟到了。上课铃响过十几分钟了，他才满头大汗地走进教室。我们赶紧翻书装作认真学习的样子。等了几分钟，也没听到老师说话的声音，偷眼看看前面，老师趴在讲桌上，肩膀一抖一抖的，谁都看得出来，老师哭了。全班同学都傻眼了。我瞪大眼睛看着哭泣的田老师，实在想不明白，是什么事能让我们无所不能的老师当着全班学生落下眼泪。看看四周，同样一片茫然的眼神。

那天下了课，我们跟在老师的身后，顺着栽满垂柳的小路，直到他的宿舍门口，看着老师进了门，谁都没敢说话。

过了几天，我们才知道，老师那天其实是回了乡下父母家，老母亲给他一袋大米带回来度日，没想到因为心急，在颠簸的乡间小路上，整袋大米从摩托车上滑掉了。等到了学校才发现大米丢了，老师急忙又顺原路返回寻找，却哪里还有那袋大米的踪影？当再次回到学校，又累、又懊恼、又委屈的老师实在忍不住眼泪，哭倒在全班学生的面前。

一晃十几年，当我也身为人师，坐在冷气开放的办公室里，走在幽雅的校园中，回想当年老师辛酸的泪水，百感交集。感谢我的老师们在那种艰难的时候，无怨无悔为我们付出的一切……

允许天使有失败的时候

她出现在我们面前那年，我八岁，头上蓄着短短的毛刺，像个假小子；她十八岁,乌黑的长发在腰后甩出优美的弧线，以至晃过十几年，那都是我心中不变最美的发型。看着她的长发，我满眼都冒着羡慕的光。她走我的面前，俯下身，长长的头发就垂在我眼前。我伸出汗津津的手，揪了一把她的头发，放在鼻尖前嗅了一下，是我叫不出名的香味。

因为附近五个村子出资才有了这所小学，所以我们学校得名五联村小学，五环校徽和奥运会的会徽如出一辙，以至于多年后我看到奥运会会徽时，第一感觉就是他们抄袭了我们学校的创意。学校总共有二十二个大小不等的学生，她是唯一的老师，还是民办。

在她之前教我们的老师来了又走，从一年级到二年级就换了五任老师，每一位都待上一两个月就跑掉了，只有一位快退休的老爷爷不嫌弃这穷乡村，教了我们大半年直到退休，但是他只会给我们上语文、数学课。在她来到学校之后，生活突然变得多姿多彩，她给我们增加了好多好多的“闲课”，画画、唱歌、跳舞……后来我才知道，在城里那叫美术、音乐、舞蹈。

其实她完全不必这么辛苦，可是她说：“每个好孩子都是天使，天使要学会唱歌跳舞。”22个人为这句话突然间变得懂事起来，上课前争着夺着去擦黑板，放了学抢着留下扫地。在她之前从来没有老师把我们看成是天使，而我，因为她的这句话，甚至夜半醒来也会摸摸自己的后背，看有没有长出洁白的翅膀来。

读二年级的那个六一儿童节之前，她说要带我们去县城参加六一儿童节的歌舞比赛，我们激动得像一群小麻雀，跳跃着叽叽喳喳。二十二个孩子唱着春天在哪里呀又蹦又跳，她踩着那架破旧的风琴给我们伴奏，偶尔抬头看我们一眼，满脸满眼都是甜美的笑。

我们抱着得第一名的念头排练了一个月之久，可是真正走上六一儿童节的舞台时，获奖的却都是县城里打扮入时画着彩妆的小朋友。二十二个人流着眼泪看着别人站在领奖台上，走出大礼堂时，我哭得呜呜响。她蹲下身子抚着我的头说：“不哭，就算是天使也有失败的时候，只要不放弃努力总会成功的！”

什么也挡不住时光的脚步，一晃就是十几年。前不久在中央电视台的《星光大道》上见到她女儿的身影，那个漂亮的小姑娘在晋级失败的时候说：“我不难过，因为妈妈说我是她的天使，天使也被允许有失败的时候。”老毕说：“为你拥有这么一个好妈妈感到幸福。”想起她也曾经抚着我的头说过这句话，我也感觉自己很幸福。

亲爱的，难说再见

时光瞬间即逝，转眼就要毕业了，再次打开熟悉的人大网校页面，对着电脑屏幕静静地观看，心里却是思绪万千。遥记得2010年刚刚加入网校的时候，面对着电脑屏幕上陌生的页面，一片茫然，不知学习从何处着手，更不知道自己能否坚持下来。可是这几年，在老师和同学们的鼓励下，顺顺利利地走完了这段学习的路程，想想当年成天在想什么时候才能毕业，如今马上就要拿到的毕业证，心里却有一点点小酸涩。

回想这几年，当朋友同事在工作之余开心玩耍的时候，我却沉浸在网校课堂里静静享受着学习的乐趣。累了，在论坛里看同学们的贴子，交流学习心得，自是另一种畅快欢愉。夜深人静时，学到困了，推开窗望一眼璀璨星空，再回头继续。九百多个日日夜夜有多少这样的夜晚，已经难以记清。只是在每次考完一门课程的时候，都觉得很欣慰，那些汗水没有白费。

那些一次次为考试奔波的日子，下了班搭乘夜里的火车去临近的城市考试。在漆黑的夜里，指着车窗外闪过的一丝丝光亮，我告诉自己，这所有的努力都是在夜里的前行，终有一天会到达那个光辉灿烂的目的地。

记得有一次，从济南考点考试归来，下了火车再倒汽车，到了郊外的公司，已经是夜里九点多钟。借着满天星光，在路灯下疾行，一不留神被脚下的石阶绊倒，抚着摔疼的膝盖，独自委屈了许久。那时候，也有过不想坚持的念头，可是再回到网络前，看到已经学习过的那些熟悉的课程，又舍不得，最终抛开了放弃的念头。

转眼已经两年半，所有的课程也都已考完，就快要和学校说再见的时候了，再登录网上人大，看着一门门成绩，开心，更多却是留恋。花红柳绿的季节，我就要毕业了，心情却不能像办公室外的风景一样灿烂明媚起来，只怕这一句再见，就会被过去的九百多个日夜的记忆触动了泪腺。

原来，我早就认识你

世界好小，常常是谁会在不经意间遇见谁。而且，百分百是在你最没心理准备的时候，那一瞬心脏跳动的频率，不能言表。

曾经看一本书上说，男主人公在女主人公的书桌上看到一张女孩幼年的照片，指着照片中荡秋千女孩身后的过路男孩惊讶地说："那是我啊，原来我那么小的时候就见过你。"

前几日整理电脑里面的资料，翻出一年前下载的老家电视台的新闻视频，看着看着，突然出现一个熟悉的面孔，他当时正作为大学生代表接受采访，一脸的稚相，只是粉刺貌似比现在少一些。突然就想起了前面提到书上的那段话，心情一如书里的主人公那般激荡。

我在去年的十月份认识他，而这些新闻片段我以前全部都看过，这样算来，在我们认识之前的一年我就先看见过他了，那时候，他在新闻里侃侃而谈，当时于我，他只是一个过目即忘的陌生人，哪里会想到有一天我们会成为最好的朋友。

于是我想，如果有一天去到上帝那里，打开监控录像，从头至尾地看完整个人生录像，一定会有更多我们意想不到的场景，甚至有可能，就在你看到这篇文章不久后的某天，我们擦肩而过，抑或对面喝茶。

戒了依赖，独拥春日雪冷

三月，应该是阳光暖暖、桃花烂漫的时节了，可天还是这么冷、风还是这么凉，坐在电脑跟前，抱着暖水袋孤单地看着老电影《天下无双》。多喜庆的名字，可是为什么却让人感到这么的悲凉？听着梁朝伟说："其实两个人在一起，最重要的是开心就行，谁是男谁是女又有什么关系呢？"我总是容易被美好的东西感动，看到这里，不由得又泪光点点，鼻涕水儿也凑趣儿般流了出来，冰凉冰凉的，像水龙头里刚放出来的自来水儿。

人们都说真爱已经没有，如果有，也只存在于小说或者电影里，现实生活中的浪漫爱情因为掺杂了太多的现实因素，只能说是精心设计的完美故事，距离真爱，太遥远。

有的人，一开始，你并没认做是真爱，可是，任何事情都经不起日久天长的浸染，当你习惯了，慢慢变得开始依赖他的时候，你才发现，原来你对他，早已离不开。所有一切趾高气扬的表现都是故作骄傲，仅仅是因为不想承认这份依赖，只怕一承认，便输得彻底。

戒了一份依赖，就像泛泛拿掉费洛蒙，看小刚是不是还爱一样，拿开所有对你的依赖，看是不是还会无奈？

性格太过倔强的人和性格太过软弱的人一样，最容易产生依赖，那么，我是属于哪一种？我不知道。只是这一生，一直在不断地戒，戒掉对什么什么事物、对某某人的依赖。戒掉一份浸心彻骨的依赖真的不容易，心会痛，会难过。可是，始终相信自己会很坚强很坚强地走下去，不管遇到再难的事，只要一想起那双被拿开的手，再多的痛也不觉得痛，再大的苦也不觉得苦，再难做的事也能做下去。

卖菜与写专栏

以为专栏这东西最容易写，年少轻狂时曾遇到一个写专栏的阿姐，坐在一起伴着下午茶聊天。我说：“写专栏和自由市场卖菜的真有一拼，想卖白菜卖白菜，想卖萝卜卖萝卜。”她当时笑的把刚喝进嘴里的茶喷了一地，而后轻叹，这难也难在自由二字，还记得我说她矫情。

多年后，当真有了自己的菜摊，成了这摊主的时候，我才开始体会到她当年的叹喟。每下笔之前都要问自己，我想表达些什么？我笔下的东西是不是大家喜欢的？就如同菜摊主在凌晨两点半醒来时，在被窝里想着，今儿我要贩些什么菜？今儿是白菜好卖还是萝卜好卖？

文字常常随着情绪起浮波动，每当写着写着，文字里掺杂了一些小女人的忧伤时，便惶惶然责问自己，要把读者引导着一起伤感，让他们产生负面情绪吗？于自己心里，便产生一种有罪于读者的感觉。于是，撕了，推开，重新写一堆堆自以为是激励人心的阳光文字，想要鼓励每一个人热情地、努力地积极构建完美生活。一直相信那句话：有想要，亦能得到的东西，有不必想却永远挂在脸上的笑容，才是真的幸福。

这天看了一篇文章，却被一个三岁小娃儿的话给震惊了。他是哈佛大学幸福课的教授泰勒之子，小子在初上幼稚园时，哭哭啼啼，一位老师过来哄他：“不要哭啦，你要勇敢点。”他却呜咽着说，“可哭是人类的天性之一啊。”看后触动，恍悟，允许自己做个性情中人，接受所有的负面情绪，也不要迫使别人总是饱含激情，即使是老天爷，亦有晴雨不定时，更何况人呢。

菜市场里有一卖菜阿姨，年轻人每次买她摊位的菜，她会告诉你这菜的做法儿，而对那些厨艺成熟的人们，除了常规的做法之外，她会告诉你这菜还能够怎么弄着吃，且那做法儿必不多见。于是总喜欢去她家买菜，日久天长，她把菜摊摆成了菜市场里最火爆的摊位，她成了最受欢迎的卖菜阿姨。偶尔一两天，她不忙，深聊几句，她说："我就愿意指导别人怎么做菜，看着别人按照我的指点吃得开心，我就高兴！我女儿说，我卖的不是菜，是教导别人的欲望！也正是因为这个，才有这么多人来我的菜摊捧场。"

一直畏缩着，看别人像个先知一样写着、指导着别人的生活，这样的我，菜市场里成不了最好的摊主，写专栏，亦如此。文字如菜一摆出来，心马上就同龚琳娜的成名神曲一般了。不管萝卜白菜，洗洗干净，不求卖到什么好的价钱，只望买菜的上帝吃了不吐，便已欣喜若狂。听了阿姨的话后，便开始学习阿姨那"附加值"理论，让自己的文字，除了好看，还要带上一定的思想，不想把专栏写成让人吃完即忘的水煮白菜或者清水萝卜汤。

外甥看我写字，念叨：卖菜与写专栏……念完说："我看写专栏更像食堂卖饭阿姨，卖馒头我们就得吃馒头，卖包子我们就能吃包子。不过，写专栏的还不如食堂阿姨好呢，我们阿姨声叫得甜些，她还多打半勺菜给我们呢……"前几句听得我笑，后一句听得我收声，抄了棒子追打——我没有当年阿姐的肚量。外甥边逃边喊："写专栏的，你得淡定……"

灾难无情，请共同祈愿

日本大地震期间，在日本的两名学生一直没有消息，王鑫在静岗县，林宪顺在福冈县，今天终于在网上看到王鑫同学，赶紧问他情况怎么样，他说："老师，我们这里刚刚又震了一次，六级，震感很明显。海啸离我们只有几公里，东京的核电站离我们比较远，但是也怕它们会飘过来，跟在日本的同学们都联系过了，大家都还好，请放心。”

而林宪顺同学的头像一直灰着，发了问候的消息，到现在也没有收到回应。王鑫说今天他有跟林宪顺那边的同学们联系过，他们较之静岗还要安全些，稍稍有些放心，仍忍不住说：“早点睡觉，夜里警醒些。”他发过一个呲牙笑的头像说：“明天我休息，替睡觉的他们值会儿班。”

刚刚传来日本地震加海啸消息的那两天，看着网上各种各样的言论，多数人在抚手称庆。前天回家，到隔壁修电器的一个老太太说：“小鬼子可终于遭报应了，想当初他们是怎么欺负咱中国人的呀，这回老天可终于报应他们了……”旁边众人随声附合。说实在的，看网上的所谓“热血青年”为日本地震拍手时，我对他们的行为嗤之以鼻，但老太太的话却让我的心也跟着起伏了一下。对日本过去的罪恶行为，我也恨之入骨，但自小心软，看不得别人受难，每当新闻里闪过海啸过后满是废墟的小城，我就会想起当初德州汽摩救助的一百一十一名孩子刚到学校时拍的录像，他们眼里时不时闪过的惶恐。

王鑫说：“日本的房子抗震性能真的很好，但大多数民房都是小木屋，虽然抗震，但是经不起海啸，所以造成那么多的伤亡。”而现在最大的危机不断爆炸的东京核电站，四处飘散的核气要比地震可怕上百倍上千倍。

随着日本对地震震级的不断修整，直到听说地震已经修整为九级，死亡失踪人数过万，核电站接连四次爆炸……我无法再为他们过去犯下的罪行而漠视他们现在所处的境遇，因为在那里，有无数我们的同胞也处在危险中。

地震、海啸、爆炸的核电站、不断喷发的火山，仿佛真得有传闻的末日味道，处于那种可怕环境里人们的心情可以想像该是多么悲凉，在无情的自然灾害面前，我们都只是脆弱的生灵，愿生者平安，逝者安息，愿灾难早日平息，愿我们在日本的同胞能够早日平安回国！

正能量舅妈

过年后回姥姥家，刚进院门儿，就被屋里大舅妈独特的嘎嘎笑声感染得咧开了嘴角。三步并作两步跑进屋，和正要出门儿迎接我们的舅妈撞了个满怀，躬身道了过年好，就被舅妈拉过来一通亲热地询问：“我在市里带孙子，叫你弟喊你过来吃饭，这大半年你怎么一回也没过来？工作忙成这个样儿？谈恋爱了没有？有合适的领家去给我看看。”没等嘴拙的我回答出个一二三，舅妈已经扯着我妈亲热地喊着姐让她进屋喝茶去了。

看着三个舅舅、两个舅妈为迎接我们准备的两大桌子菜，我作势撸胳膊挽袖子问：“看，这么大块头儿的外甥女，能帮你们干点啥？”大舅妈一把按住我：“作啥呀？坐着就行！”我就势拉过身材娇小的舅妈，比照她的头顶，凭空在我胸前划了道印儿，大舅妈又是嘎嘎一串笑声：“高多少你也得喊妗子！”话说完，她又一阵风似地出门抱柴禾去了。别看大舅妈个头儿不高，可走路飞快，就快五十岁的人了，她走路，年轻人得小跑儿跟着。用姥姥的话儿说：瞧俺老大家，跟燕儿飞一样！

大舅妈身材娇小，只有一米四儿，又天生大嗓门儿，爱说爱笑的她每回说完笑完，还不忘记调侃自己：“矬老婆高声。”大舅妈能说能干，屋里屋外都是一把好手，和大舅种了十几亩地，调兑着棉花、辣椒、小麦的种植量，还别说，年年都能被她逮着好行市。一年到头她几乎没有闲着的时候，地里忙完忙家里，随着时间一年年过去，大舅家的日子也随着她的笑声越来越亮堂。她热心肠，也孝顺，谁家有事儿了，她爱去帮个忙；冬天农闲，人们在家改膳伙食，蒸锅包子，她先给姥姥和聋哑的二舅端去半锅。村里人都爱说婆媳关系不好处，也常有婆婆媳妇吵成一团的，可她进门快三十年了，几乎没和姥姥红过脸，村里老少鲜有不夸赞她的。没到五十岁，舅妈当了奶奶，一到农闲就到市里帮忙带孩子的她笑得更欢快了。

吃饭时我和弟弟妹妹们围坐在姥姥身边，八十岁的姥姥坐在正中看看这个、又看看那个，高兴得合不拢嘴，一个劲儿地让我们吃菜。我们争着撒娇问姥姥，这一年最想念我们哪个？没想到，姥姥顿时红了眼框，放下筷子，一指在外屋做饭的大舅妈说："想她。"

最柔软的记忆

这些年，我们都养成了回家不拿钥匙的习惯，到家按门铃，然后开心地倚在门上听着门里面渐行渐近的脚步声，门还没开，就听着姥姥在门里喊一声我的名字，门开了，姥姥一脸孩子般的兴奋，她很少有猜错的时候。

换了工作，离家远了，隔很长时间才能回家一次。可是听说姥姥突然病了，到了医院，姥姥躺在病床上，看上去好好的，我轻轻地叫着姥姥，问她怎么了。姥姥笑着看着我，嘴里却冒出一句："你是夯着上来得还是蹦着上来的？"问得我丈二和尚摸不到头脑。一想，这是二十楼，姥姥一定是问我怎么上楼来得，我说："坐电梯上来的。"姥姥开心地笑了。我想一定是因为我猜对了她的话，可我却哭了，看上去好好得姥姥却连自己心里的意思都无法正常表达了。

妈妈说，姥姥现在大脑不清楚，说话也总是说不对。但她仍拉着我说个不停，听着她张冠李戴的对我说着谁有来看过她，那些被她说到的名字大多都是我没听过的。我知道，她大脑还糊涂着，可她却那么起劲儿地和我讲着，我一边嗯啊回答她，一边偷偷地心酸。

过了一周，再次请假去看望她，推着她在暖洋洋的春阳下行走，她糊涂得更加厉害了，总是对我讲着莫名其妙的话，甚至连我们的名字都喊不对了。走着走着，姥姥突然让我停下，我走到她前面问她怎么了？她拉我蹲下，神神秘秘地从口袋掏出一张钞票给我，说："你舅妈说你今年结婚，万一我活不到你结婚那天，这钱是提前给你的红包……"我的心猛然一酸，眼泪掉了下来，姥姥虽然糊涂了，可她却记得我舅妈对她说过我要结婚的话，在她日渐消退的记忆里，那个她最疼爱的孩子，永远在她心里最柔软的地方占有一席之地。